異世界で俺だけレベルが上がらない！

CAN' T LEVEL UP

だけど努力したら最強になれるらしいです？

vol. 3

SAWA LEMON
澤檸檬

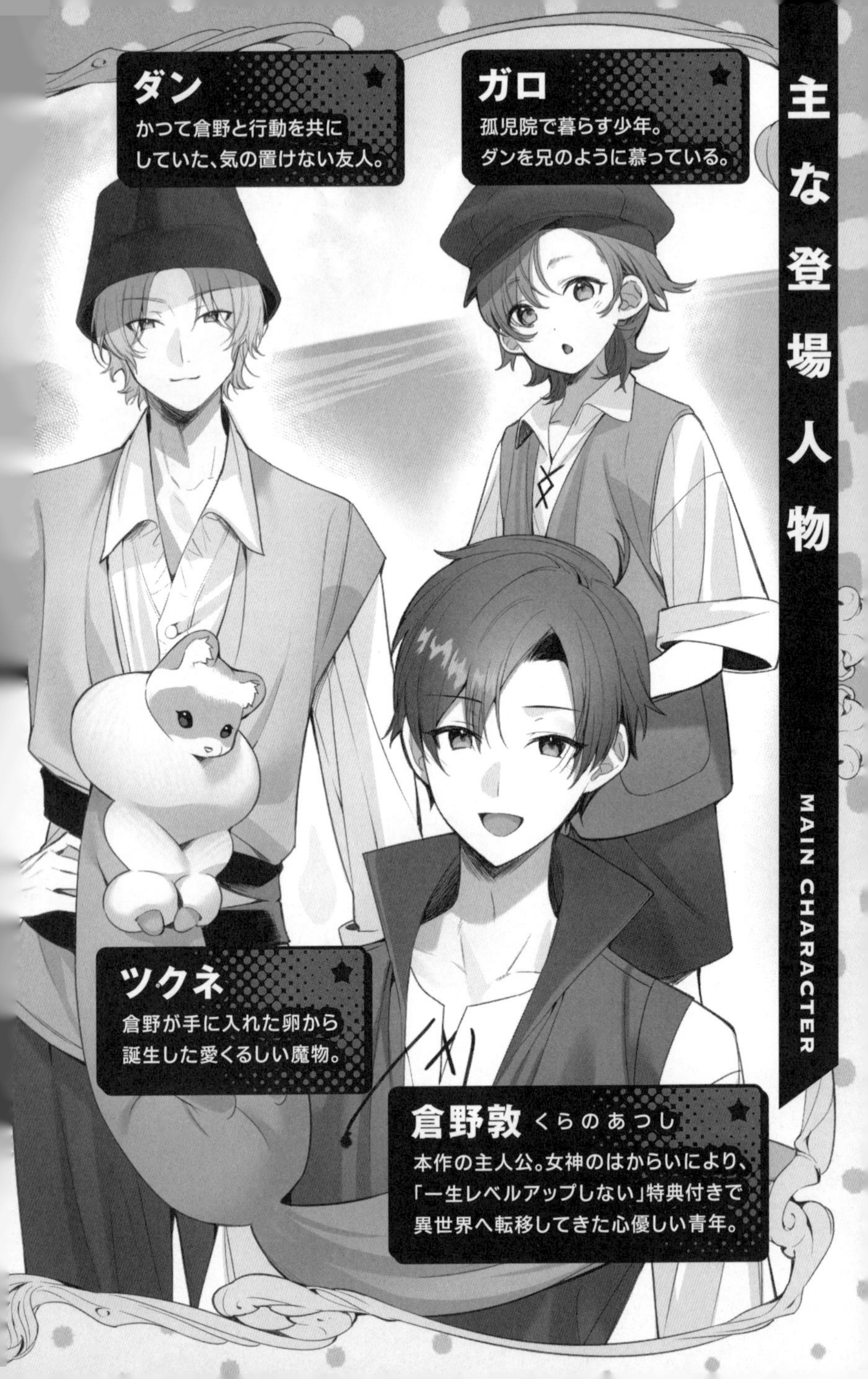
主な登場人物
MAIN CHARACTER
ダン
かつて倉野と行動を共にしていた、気の置けない友人。
ガロ
孤児院で暮らす少年。ダンを兄のように慕っている。
ツクネ
倉野が手に入れた卵から誕生した愛くるしい魔物。
倉野敦 くらのあつし
本作の主人公。女神のはからいにより、「一生レベルアップしない」特典付きで異世界へ転移してきた心優しい青年。

アッシュ
???
ノエル
フリーの傭兵をしながら
旅をしている女性。
レイン
オランディ国軍に
所属している騎士の男性。

1

倉野《くらの》が、レオポルトが泊まっている宿を出たのはまだ昼前であった。

まだまだ日暮れまで時間はある。

次の街に向かうには十分だ。

携帯用の食料を買ってから、倉野はルーシアの街を出る。

地図で確認したところ、ルーシアから西に向かうといくつかの村があり、その先にイルシュナ国最大の街スロノスがあった。

ひとまず倉野はスロノスを目指す。

「かなり中途半端なところで出てきちゃったけど大丈夫だよね、ツクネ」

歩きながら倉野はツクネに話しかけた。

鞄《かばん》から頭だけ出しているツクネは、心地よい揺れを感じながら倉野の話を聞いている。

「クー？」

「あれ以上首を突っ込むと、ずっとルーシアにいることになるからね。それにレオポルトさんとジェイドさんがいるんだからいいようにしてくれるさ」

「クー！」

周りから見れば独り言に見えるのだろうか。

しかし倉野にとってツクネは唯一の話し相手だった。

「とりあえず今日は日暮れまでに、小さな村にたどり着こうな、ツクネ」

「ククー」

なんでもない話をしながら西へ西へと進む倉野とツクネ。

平和なひと時を楽しんでいた。

思い返せば行く先々でトラブルに巻き込まれている。

街に行けば問題が起こり、道を歩けば誰かが襲われていたのだから景色を楽しむ余裕すらなかった。

街と街をつないでいる道は石畳で舗装されているが、それ以外は自然が残りなんとも幻想的な風景を作り出している。

景色を楽しみながらしばらく進むと前方に白い煙が見えた。

「お、煙だ。村が近いのかもしれない」

そう言って倉野が目を凝《こ》らすと、木製の塀のようなものが見える。

その塀がぐるりと村を囲み、魔物や盗賊の侵入を防いでいるのだろう。

木製の塀で防ぎ切れるとは思えないのだが、この辺りは治安がいいのだろうか。

「今日はあそこに泊まろうな」

倉野はツクネにそう伝えてから歩を進める。


村に近づくと塀の一部が門になっているのがわかった。

門の前には槍を持った兵士の男が立っている。

兵士は倉野に気づくと話しかけてきた。

「ん？　冒険者か？」

「はい。ルーシアからスロノスに向かっている途中なのですが、この村に宿泊したいと思いまして」

倉野がそう言うと兵士は笑う。

「ははは、そりゃそうだ。ここはスロノスとルーシアの通り道だからな。村の名前すら『道』を意味するオドス村というくらいだ」

「ここはオドス村というんですね。確か地図にも名前は載っていなかったような」

「ああ、小さな村だからな。でも冒険者用の宿はあるぜ。冒険者も商人もここを通り道にしているからな」

兵士はそう言って村の中心を指差した。

「ここを真っ直ぐ行くと村で一番大きな建物がある。そこが宿さ」

「ありがとうございます」

倉野は兵士に感謝を伝えて、村の門を通り抜ける。


オドス村は真ん中に大通りがあり、その左右に民家や店が並んでいた。

そしてその先に大きな宿があり、それを越えて進むと反対側の門にたどり着く。

通り道の村であるというだけあって、大通りは綺麗《きれい》に舗装されているが、それほど栄えているという印象は受けない。

ここを目的地とすることはないんだろうな、というような村である。

しばらく進み、宿に到着した倉野は受付を済ませ、今夜泊まる部屋に向かった。

部屋に着くと、買っていた食料の中から干し肉を取り出しツクネのご飯にする。

倉野は宿の食堂で晩ご飯を済ませると、時間は早いが休むことにした。

寝る前に改めて地図を確認する倉野。

このオドス村の次も小さな村があり、その先に少しだけ大きな街がある。そしてそのさらに西にスロノスというイルシュナ最大の街があるのだ。

これからの道順を確認した倉野はゆっくりと眠りにつく。


翌朝、朝日の明るさで目を覚ました倉野は宿の食堂で朝食を食べ、スロノスに向け出発した。

入ってきた時と反対側からオドス村を出る倉野。

またそこから西に道は続いている。

「まだまだ、遠いな。村があって、街があって、その次がスロノスか……」

歩く距離の長さについ心の声を漏らしながらも倉野は歩を進めた。

次の村カリディアまでは一日かかり、一泊。

その次の街バンティラスまでさらに一日。合計二日かけて倉野はスロノスの手前のバンティラスまでやってきた。

バンティラスからスロノスまでは地図で見る限り半日かかる距離である。

バンティラスで一泊して朝出れば、明日の昼過ぎにはスロノスに到着する予定だ。

他の街と同じようにバンティラスも石の壁に囲まれており、その全体は円形になっている。

街の建物のほとんどが煉瓦《れんが》でできており、ルーシアの街によく似たつくりだった。

バンティラスの入り口に立っていた兵士に宿の場所を聞いた倉野はそのまま宿に向かう。

その途中、美味しそうな匂いに誘われた倉野は宿の近くの食堂で足を止めた。

「いい匂いがするなぁ。そういえば前の村で食料を買えなかったから昼ご飯食べてないんだった。宿に行く前にここで食べていこうかな」

倉野がそう独り言を呟《つぶや》いていると、背後から若い女性が話しかけてくる。

「あれ？　お客さんですか？」

女性は両手いっぱいに荷物を抱えていた。

どうやらこの店の従業員らしい。

いきなり話しかけられ驚きながらも倉野は返事をする。

「え、あ、はい。ちょうどいい匂いがしたので、ご飯にしようかと思いまして」

「それはいい鼻をしてますね。うちのご飯は美味しいですよ？　何せバンティラスで一番の食堂ですからっ!!　ささ、どうぞどうぞ」

女性はそう言って倉野を中へと案内した。


店の中に入ると店主らしき男が奥から話しかけてくる。

「いらっしゃい！　テキトーに座ってくれ」

男性は店の奥にある厨房で料理をしていた。

店の中はそれほど広くなく、机が四つ並んでいるくらいである。

そしてそのほとんどが客で埋まっていた。

倉野は空いている席を探してそこに座る。

少し待っていると先ほどの女性が注文を受けにやってきた。

「お待たせしました。ご注文は？」

「えーっと何がありますかね？」

そう倉野が聞き返すと女性は微笑《ほほえ》んで答える。

「食事ですとお肉か魚の定食が選べますよ。お酒を飲むなら、飲みたいものを言ってもらえればあるものでなんとかします」

「じゃあ、魚の定食をお願いします」

倉野がそう言うと女性は感心した顔をした。

「流石《さすが》ですね、お客さん！　ここの名物は焼き魚なんです。契約してる漁師さんから直接納品してもらっていて、とても新鮮なんですよ」

女性がそう言うと、倉野の隣で食事をしていた別の男性客が笑う。

「ははは。始まったな、アンナの魚自慢。確かにここの魚は絶品だ。なんたってアンナの恋人が獲ってきてるんだからな」

女性はアンナという名前らしい。

そう言われたアンナは赤面しながら言い返した。

「もう、そんなんじゃありませんってば。えっと、じゃあ、魚の定食をお持ちしますね」

アンナはそう言って厨房のほうに戻っていく。

注文を終えた倉野が料理を待っていると、先ほどの客が話しかけてきた。

「お兄さん、ここは初めてかい？」

「え？　はい。バンティラスに来るのも初めてなんです」

倉野はその客にそう答えると、客はさらに質問を続ける。

「そうなのか。じゃあ、スロノスに向かってるってところかな」

「そうなんです。ルーシアから来たんです」

「東のほうから来たのか。スロノスへは何しに行くんだい？」

「特に目的があるわけではないんですけど、世界中を巡ってまして」

「旅商人か何かなのかい？」

そう問われた倉野は、自分は何者なんだろうと考える。

冒険者兼商人として登録しているが、売ったものといえば自分が着ていた元の世界の服くらいで、商人と言えるかどうか微妙だ。

それではただの旅人になってしまう。

無職の旅人……それではただの流浪人ではないか。

旅商人でいいか、と倉野は頷く。

「はい。一応商人です」

「一応？　まぁ、旅をしている商人にもいろいろいるもんな。仕入れに商品ルートの開拓、支店の場所探し。世界中を巡るとなると大変だな。あ、だが、スロノスにはイルシュナ最大の商会があるから、揉めないように気を付けるんだぜ」

そう言われた倉野はすぐにグレイ商会のことを思い出した。

「グレイ商会ですよね」

「お、やっぱり商人ともなると他の地域の商会のことを知ってるんだな」

客にそう言われた倉野はグレイ商会について思い出す。

イルシュナ最大の商会であるグレイ商会はイルシュナ国内にて強大な権力を持っている。

その一存で国軍を動かせるほどで、実際にグレイ商会の令嬢、ミーナ・グレイが殺害された際には国軍をビスタ国に向けて出撃させた。

この客が言うには、スロノスという街はグレイ商会の本部があり、街を取り仕切っているらしい。

倉野は今度こそ面倒ごとに首を突っ込まないように気を付けようと心の中で誓った。

そんな話をしていると倉野の目の前に食事が運ばれてきた。

アンナは運んできた食事を机に並べる。

焼いた魚と野菜が入ったスープ、サラダを順に机に並べたアンナは得意げに微笑んだ。

「はいどうぞ！　魚の定食です！」

定食と言われ、お米とおかずのセットを想像していた倉野は少し戸惑ったが、こちらの世界ならばこういうものかと受け入れる。

「ありがとうございます」

倉野は礼を言って食べ始めた。

用意されたフォークとスプーンで食事を味わう倉野。

アンナがお勧めするだけあって、とても美味しい。

魚は程よく脂がのっており、旨味が溢れ出してくる。塩だけで味付けされているのだが、魚自体の旨味を塩が引き出し、これ以上ないご馳走《ちそう》になっていた。

スープは野菜の甘味が溶け出しており、塩味の魚によく合う。

サラダも野菜の新鮮さがわかる。

「めちゃくちゃ美味しいです」

倉野がそう伝えるとアンナは嬉しそうに笑顔を浮かべた。

「でしょ？　お父さんはバンティラスで一番の料理人ですからっ」

そう言ってアンナは厨房の店主らしき男性を示す。

親子なんだ、と思いながら倉野は食事を続けた。

倉野が最後の一口を食べようとした瞬間、店の扉が開く。

「いらっしゃい」

扉が開いた音に反応して店主が挨拶をするが、入ってきた者を見て言葉を止めた。

入ってきたのは十歳くらいの少年である。

お世辞にも綺麗とは言えない服装をしており、店の客ではないことがわかった。

しかし店主はそんな少年を嫌がるどころか、微笑む。

「よう、ガロ。いつものだろ？」

ガロと呼ばれた少年は頷いた。

店主は厨房にあった容器を持ってガロに近づき手渡す。

それを受け取ったガロは笑みを浮かべて頭を下げ、そのまま店を出た。

食事を終えた倉野がその様子を不思議そうに見ていると、アンナが近づいてきた。

「あの子は近くの孤児院の子なんです。孤児院の経営は子どもたちが周辺の軽作業をしたり、物作りをして売った利益でなんとか成り立っているのですが、満足のいく食事はできないようなので、うちの店から少しですが食事を提供しているんです」

アンナの話を聞き納得したように頷く倉野。

「なるほど、そうだったんですね。いい人なんですね、店主さんもアンナさんも」

倉野がそう言うとアンナは照れ臭そうに微笑んだ。

すると先ほど話をしていた隣の客が話を付け足す。

「アンナの恋人も孤児院に寄付してるんだよな。本当、いい男だよ」

「へぇ、そうなんですか？」

倉野がそう聞き返すと客はさらに話を続けた。

「ああ。そういえばちょっと前までイルシュナを離れてたって言ってたな。最近こっちに帰ってきたとか。そうだったよな？　アンナ」

客がそう言うとアンナは頷く。

「はい。ちょっと事情があって離れてたんですけど、少し前に帰ってきてくれたんです。って、恋人じゃないですってば。幼馴染《おさなじ》みというか……」

聞きながら倉野は甘酸っぱい気持ちになった。

話が終わった倉野は会計を終え、店を出る。

「また来てくださいね！」

店の外まで見送りに来てくれたアンナは倉野に向かってそう言った。

愛想もよく元気に働くアンナはとても輝いて見える。

倉野は一礼し、店をあとにした。


食堂を出た倉野は宿へと向かう。

宿までの道中、少し細い道に入る倉野。

するとそこに見覚えのある容器が落ちており、中身の料理が散乱していた。

「これは……さっきの？」

倉野はそう呟く。

考えるまでもなく、先ほどの少年ガロに何かが起きたのだろう。

すぐにその容器を拾い上げた倉野は、スキル「説明」を発動させる。

「スキル『説明』発動。対象は、ガロに起きていること」


【ガロに起きていること】

現在誘拐されている。誘拐しているのは奴隷《どれい》商人ディルク・ボーン。

表示された文字を読んだ倉野は一瞬言葉を失った。

奴隷商人に誘拐された、ということはどこかに売られてしまうことを意味している。

すぐさま倉野はさらなる説明を求めた。

「くそっ、これは関わりたくないとか言ってられないぞ！　スキル『説明』発動。対象はガロの現在地」


【ガロの現在地】

バンティラスの街中、西方地区を西に向け移動中。


「西方地区を西に向け移動中か……ってことはこの街から出て、スロノスのほうに向かおうとしてるのか？　どうする……とにかくさっきの店に話して、追いかけよう」

そう決めた倉野は容器を持ったまま、先ほどの食堂へと走った。

食堂までたどり着いた倉野は勢いよく扉を開ける。

「いらっしゃい、ってアンタか。忘れ物か何かかい？」

再びやってきた倉野に店主はそう問いかけた。

倉野は呼吸を整えながら首を横に振る。

「違います、これ！」

そう言いながら先ほどの容器を掲げた倉野。

するとアンナが倉野に駆け寄った。

「それ、ガロに渡した容器じゃないですか？」

問いかけられた倉野は頷き答える。

「その通りです。どうやら誘拐されたようでして」

「えっ？」

信じられないというような表情で聞き返すアンナ。

急いでいる倉野はお構いなしに話を続ける。

「とにかく僕は追いかけます！　スロノス方面に向かっているみたいなので」

そう言ってから、扉を出ようとする倉野にアンナが慌てて言葉をかける。

「すぐに他の人に追いかけさせるので無理をしないでくださいね」

「大丈夫です！」

倉野はそう言い放ってから扉を出た。

西に向かって走りながらスキル「神速《しんそく》」を発動する倉野。

その瞬間から倉野は光よりも速く動き、相対的に周囲の時間が止まったように感じる。

「どこだ……」

走りながら倉野は周囲を見渡した。

誘拐しているのだから、周りからは見えないようにガロを隠しているだろう。

大きな荷物を持った者がいないか確認しながら進む。

しばらくすると、街の最西端にたどり着いた。

ここまで誘拐犯らしき者を見つけられなかった倉野は、そのまま街を出る。

街を出ても西に向かい走る倉野。

すると前方にフォンガ車が見えた。こちらの世界で馬車代わりにされているものである。

「あれかっ！」

倉野はそのままフォンガ車に向かい、車の扉を開けた。

するとそこには縄で縛られたガロが気を失い横たわっている。

中には武装した男一人と商人風な男が一人おり、談笑している瞬間だったようだ。

「良かった。正解だ」

そう呟きながら倉野はガロを抱きかかえ、車を出る。

フォンガ車から少し離れた場所で倉野はスキル「神速」を解除した。

すると世界の時間は動き出す。

「大丈夫かい！　ガロくん！」

気を失っているガロに語りかける倉野。

目立った外傷はないが、反応がないので倉野はガロの呼吸を確認する。

問題なく呼吸をしていたので倉野はひとまず大丈夫だと安堵《あんど》した。

「呼吸はしてるな。怪我もなさそうだ」

倉野がそう呟いていると、少し離れた場所で叫ぶ声が聞こえる。

「探せぇ！」

声から察するに、ガロが突然消えたため奴隷商人のディルクが叫んでいるのだろう。

慌てて倉野は木陰に身を隠した。

隠れながら倉野はこれからどうすべきか考える。

「相手は奴隷商人。武装している男が一人いた。倒すことはできるけど、どうしよう……このままガロくんを連れて帰っても、ガロくんを目的としているならまた誘拐しに来るだろうしなぁ」

どうするのがいいのか考えていると、フォンガ車が引き返してきた。

木の後ろにいる倉野とガロを見つけられないディルクたちはそのままバンティラスのほうへ向

かう。

「どうするかはともかく、奴らを追いかけてみるか……」

そう言って倉野は普通のスピードで警戒しながらバンティラスのほうへ向かった。

ガロを抱きかかえながら小走りする倉野。

奴隷商人が認められている世界なら、それを罪に問うことはできないだろう。

しかし、ガロを無理やり誘拐したのならそれは罪になるかもしれない。

だが、ガロは孤児だ。その立場は圧倒的に低い。

このイルシュナという国は資金力と権力が比例する。

つまり、ディルクの罪を裁くにはそれ以上の権力が必要なのだ。

このままディルクを倒しても意味がない。

いっそのこと息の根を止めてしまえばいいのだが、他者の命を奪うという発想は倉野にはなかった。

そう考えながら走っていると、バンティラスの街目前でフォンガ車が停止しているのが見える。

「なんで止まってるんだろう。もしかして戻ってくるのか？」

そう呟きながら倉野が目を凝らすと、フォンガ車の横で先ほどの武装した男が剣を構えていた。

そしてその横には商人風のディルクと思われる男。

その二人と向き合うように誰かが立ちはだかっている。

「そういえばさっき……」

倉野は先ほど食堂でアンナに言われた言葉を思い出した。

すぐ他の人に追いかけさせるから、と彼女は言っていた。

状況から考えれば追いかけてきた人がディルクたちに遭遇《そうぐう》したのだろう。

隠れながら少しずつ近づく倉野。

徐々に立ちはだかっている者の顔が見えた。

「あ！」

思わず倉野は声を上げてしまう。

その者に見覚えがあったからだ。

倉野の声に反応したディルクが振り返りガロの姿を確認する。

「そこにいたのか！　いけぇ、あっちだ」

ディルクは隣にいる武装した男にそう指示した。

男はすぐに振り返り、倉野目掛けて走ってくる。

ガロを抱きかかえたまま倉野はその男を受け流すようにかわした。

「ちょ、ちょっと待ってください」

そう言った倉野の言葉を聞かずに、再び男は倉野に向かってくる。

しかも今度は剣を構えていた。

このままではキリがない、と倉野は男の顎《あご》目掛けて蹴りを放つ。

「体術」スキルを持っている倉野の蹴りは男の顎先に命中し、男は意識を失った。

そんな倉野の様子を見て慌てるディルク。

「な、何が起きたんだ」

もう一人、ディルクたちと対峙《たいじ》していた男は倉野の顔を確認すると安堵したような表情を浮かべた。

「顎の先を攻撃されると脳みそが揺れて気を失う……だったっけ？　クラノ」

男はそう言って口角を上げる。

思わず倉野はその男の名前を呼んだ。

「ダン！」

「よう。元気そうだし、相変わらずトラブルに巻き込まれてるな相棒」

その男はエスエ帝国で倉野と少しだけ一緒に過ごしたダンである。

彼は行商人をしており、エスエ帝国には薬を買い付けに来ていた。

生まれつき心臓の弱い妹を救うために、彼はその薬を手に入れ、イルシュナへと帰っていったのである。

ダンとの再会に倉野は笑顔を浮かべてしまった。

「ダンも元気そうですね」

「ああ、かなり元気だぜ」

そんな二人の会話を聞いていたディルクが激昂《げっこう》する。

「貴様ら、私を無視して何を話しておるんだ！　ふざけるなっ！」

そんなディルクのほうを見て倉野はダンに相談した。

「どうしましょう。このガロくんを誘拐したのはこの人っぽいんですけど、僕が攻撃しちゃうと問題になりませんかね？」

倉野がそう言うとダンではなくディルクが口を挟む。

「私に牙を剝《む》くということは、イルシュナ全体を敵に回すということだぞ！　私はグレイ商会にも顔が利くんだからな！」

「って、言ってるんですよね」

そう倉野が付け足すとダンは笑った。

「なーに言ってるんだよ。グレイ商会がお前みたいな小悪党相手にするか。大丈夫だクラノ。こいつも気絶させて国軍に突き出せば解決だ。こいつ程度では罪をなかったことにはできないぜ」

ダンにそう言われた倉野は頷き、ガロを抱きかかえたままディルクに駆け寄る。

先ほど武装した男が一撃で倒された瞬間を見ていたディルクは怯《おび》えた表情を浮かべた。

「や、やめ、やめるんだ！」

「無理です」

倉野は再び顎先に蹴りを放つ。

倉野に顎先を打たれたディルクは意識を失い、その場に崩れ落ちた。

倒れ込んだディルクを見下ろしダンは倉野に語りかける。

「何がどうなってこうなったんだ？」

問いかけられた倉野はこれまであったことをダンに説明した。


「容器を発見しただけでガロが誘拐されたことに気づいたのか？」

ダンにスキル「説明」を教えていなかった倉野は少し考え、答える。

「僕のスキルで何があったかわかるんですよ」

これまで倉野は自分のスキルについて明かす相手を慎重に選んできた。

明かさないといけない場面、状況を考え明かしてきたつもりである。

それは自分が厄介ごとに巻き込まれないための警戒であり、周囲を倉野という異質な存在に巻き込まないための気遣いでもあった。

そのため、ダンにも話していなかった倉野。

すべてを話す覚悟で話したのだった。

しかし、ダンはそれ以上追究してこない。

「へぇ、そうなのか。まぁ、それでガロが救えたんだし助かったぜ」

ダンはそう言って微笑む。

倉野は頷き、説明を続けた。

「なんとか追いかけて、ガロくんを取り戻したんです。その後、身を隠してたらディルクたちが街に戻ったので、僕も戻ってきたって感じです」

「そしたら俺がいて、思わず声を上げてしまったってわけか？」

「そうです。ダンのほうはどうしてここに？」

「俺か？　俺は元々、バンティラスの生まれなんだ。そんでさっきアンナにガロが誘拐されたって聞いてな」

ダンはそう言ってガロを指差す。

それからダンは倉野と別れてからの説明を始めた。

船でイルシュナに戻ったダンはスロノスにいる妹のもとへ行った。

バンティラスの生まれだが、妹の病状が悪化してからはスロノスに移り住んでいたらしい。

そして、手に入れた薬により妹の心臓は回復に向かった。

しかし、妹の体調が完全に回復したわけではない。

そこでダンはイルシュナから離れずに仕事をするべく、漁師を始める。

元々住んでいたバンティラスのいろんな店に魚を卸し生活をしているらしい。

そして今回、幼馴染みのアンナから、ガロが誘拐され、一人で追いかけていった者がいると聞き、走ってきたのだった。

「なるほど。じゃあ、食堂のお客さんが言ってたアンナさんの恋人ってダンだったのか」

話を聞いた倉野がそう言うとダンは慌てて否定する。

「ば、馬鹿野郎。そんなんじゃねぇよ。ただの幼馴染みだ」

「おや、そうなんですか?」

そう言って倉野は口角を上げた。

「ニヤニヤすんな!」

倉野の表情に文句をつけながら、ダンはディルクたちが乗っていたフォンガ車の中を探る。

フォンガ車の中にあったロープを取り出すダン。

そのロープでディルクたちを縛り上げ、フォンガ車に乗せる。

「さっさと、バンティラスに戻ろうぜ」

ダンはそう言ってフォンガ車に乗り込んだ。

倉野はガロを寝かせるようにフォンガ車に乗せ、自らも乗り込む。

それからダンはフォンガ車を走らせ、そのまま食堂に向かった。

◇

食堂で倉野を降ろすと、ここで待っててくれ、と言い残しダンはどこかへと向かう。

降ろされた倉野は指示通り食堂へと入った。

「おお、アンタ。無事だったか！」

倉野が食堂に入ると、店主がそう言って倉野を迎える。

先ほどまで賑《にぎ》わっていた食堂だが、他の客の姿はない。

倉野を迎えた店主はすぐさまアンナを呼んだ。

「アンナ！　さっきのお客さんが帰ってきたぞ！」

店主がそう叫ぶと、店の奥からアンナが慌てて出てくる。

「おいおい、慌てると危ないぞアンナ」

転びそうになりながら走ってきたアンナに店主がそう言うと、彼女は少し恥ずかしそうにした。

「だって、話が聞きたかったんだもん」

「だとしてもだ。嫁入り前の女が恥ずかしいったらありゃしねぇ。そんなことじゃダンに愛想尽かされちまうぞ」

そう言って店主がアンナを茶化すと、アンナは頬を膨《ふく》らませる。

「もう、お父さん！　すみません、恥ずかしいところを見せてしまって」

アンナは倉野にそう言って頭を下げた。

店主は笑ってから倉野に語りかける。

「そういえば、アンタ……えっと？」

「あ、倉野です」

察した倉野が名乗ると店主はさらに言葉を続けた。

「俺はガブリだ。ところでクラノさん、ガロはどうなったんだろうか？　ダンという男が一人向かったと思うんだが」

「えっと、ガロくんは取り戻せました。奴隷商人が乗っていたフォンガ車でここまで戻ってきたんですが、ダンにここで待っているように言われ、降りたんです」

「そうだったのかい！　本当に良かった……ありがとうな！」

店主ガブリはそう言って倉野の手を掴む。

力強く握られた手からは感謝の念が伝わってきた。

話を聞いていたアンナも倉野の手を掴み頭を下げる。

「良かった……ガロもダンも無事なんですね。ありがとうございます」

二人の感謝を受けて少し照れ臭い気持ちになる倉野。

詳しい説明を求められるのかと思っていた倉野だったが、二人はガロが無事だったことで安心したらしく深くは聞いてこなかった。

ひとしきり感謝したところでガブリが思い出したかのように口を開く。

「ああ、そうだ。ダンが戻ってくるまでここにいてもらうんだったな。酒を出すからゆっくりしてってくれ」

そう言ってガブリは厨房に向かった。

アンナは倉野を席へと案内する。

「じゃあ、クラノさん、ここに座って待っててください」

「いいんですか？」

「もちろんですよ」

そう言ってからアンナは厨房に戻り、酒の注がれたグラスを持ってきた。

「どうぞ！　葡萄《ぶどう》酒です。あ、お酒は飲めますか？」

「はい、大丈夫です。ありがとうございます」

そう言われて渡されたグラスには赤黒い液体が入っている。

まさしく倉野が知っている葡萄酒。ワインだった。

葡萄の香りと樽《たる》の香りがグラスから溢れている。

「じゃあ、いただきます」

そう言って倉野が葡萄酒を口にすると、葡萄の酸味と奥深い甘味、アルコールの強さが口に広がった。

倉野が知っているワインとは似て非なるものだったが、これはこれで美味しい。

「これは、美味しいですね」

そう倉野が言うとアンナは得意げな表情を浮かべる。

「でしょう？　この葡萄酒はとっておきなんです。特別な時に飲むものなんですよ」

「そんな大切なものを飲ませてもらって良かったんですか？」

そう問いかける倉野。

するとアンナは優しく微笑んだ。

「だって、ガロと……ダンの恩人ですから」

そう言ってからアンナは厨房に戻る。

倉野は葡萄酒を一口一口大切に味わいながら飲み、ダンが帰ってくるのを待った。


しばらくするとアンナが再び厨房から現れ、倉野に料理を提供する。

先ほどの焼き魚が机の上に置かれた。

「どうぞ。お酒だけだと悪酔《わるよい》してしまいますから」

アンナにそう言われた倉野はお礼を言い、焼き魚を口にする。

白身の魚と葡萄酒がそれほど合うわけではなかったが、一つ一つはとても美味しい。

文字通り魚を肴《さかな》に飲んでいると店の扉が開いた。

倉野が振り向くとダンがガロを抱きかかえて立っている。

すぐさまダンの名前を呼ぼうとした倉野だったが、その横をアンナが走り抜けていった。

「ダン！」

彼女はそう叫びながらダンに抱きつく。

抱きつかれたダンは体勢を崩しそうになるが、なんとか踏ん張った。

「あ、危ないだろ、アンナ」

「だって心配だったんだもの」

アンナはそう言ってダンから離れる。

まるで青春映画を見せられているようだ、と倉野は苦笑いしながら見ていた。

するとダンはゆっくりとガロを机に寝かせてから微笑む。

「なんとかガロも取り戻し、奴隷商人ディルクも国軍に突き出してきた。もう大丈夫だよ」

ダンの言葉を聞いたアンナはため息をついた。

「だってダンはすごく弱いんですもの。追いかけてくれと頼んだのは私だけど……」

「確かに弱いけどもっ！　最悪の場合には全裸で土下座しようと思ってたけどもっ」

「かっこわるっ」

アンナはそう言ってダンを笑う。

だがそれは嘲笑《ちょうしょう》ではなく安心によるものだろう。

帰ってきてくれて良かった、とその笑顔が語っていた。

ダンはアンナの頭を優しく撫《な》でると倉野に歩み寄る。

「よう相棒」

「見せつけてくれますね、ダン」

そう言って倉野とダンは改めて再会を喜んだ。

その様子を見ていたアンナは首を傾げる。

「あれ？　ダンとクラノさんは知り合いなの？」

アンナの問いにダンが答えた。

「ああ、エスエ帝国でちょっとな」

「どうせダンが助けられたんでしょ？」

アンナはそう言って再び笑う。

その笑顔を見ながらダンは頷いた。

「その通りさ。クラノには向こうで護衛を依頼したんだ。クラノがいなければイルシュナに戻ってこられなかったかもしれない」

「何度も助けられたのね」

ダンに対してアンナはそう言う。

その後ダンは倉野に顔を向ける。

「そう、何度もクラノに助けられた。こんなことを頼むのは厚かましいとわかっているんだが、もう一度助けてくれないか」

そう言いながらダンは倉野に頭を下げる。

すると倉野は口角を上げ、その言葉に答えた。

「相棒……じゃなかったんですか？　それに全裸で土下座するダンは見たくないですし」

確かに厄介ごとに巻き込まれたくないと思っている倉野だが、自分を相棒と呼び友情を感じてくれている相手を見捨てるほど薄情でもない。

ダンが困っているのなら助けたい。

心からそう思っていた。

倉野の言葉を聞いたダンは礼を言う。

「ありがとう、クラノ」

「で、何があったんですか？」

倉野が問いかけるとダンはガロを指差した。

「ガロの件なんだ」

「ガロくんの？」

そう倉野が聞き返すと、ダンは説明を始める。

「奴隷商人ディルクがガロを誘拐したのは偶然ではないんだ」

ダンはそう言い放った。

確かに、なぜガロが誘拐されたのか倉野は知らない。

奴隷商人が奴隷にするために孤児を誘拐したのだろう、と推測していたくらいだ。

この口ぶりではそうではないのだろう。

倉野はダンの言葉に聞き返す。

「偶然ではない……とは？」

「ガロはとある方の隠し子なんだ。その情報が流れ、ガロは狙われた」

そう話すダンの語調はこれまでにないくらい真剣だった。

とある方、とダンが隠すような言い方をするのは、話せない理由があるからだろうか、と倉野は考察する。

深掘りをしないように倉野は話を聞く。

「孤児じゃなかったんですね？」

「隠し子だったからな。その立場や政治的要因からガロのことを公にするわけにはいかなかったようだぜ。しかし、最近事情があって、ガロを迎えに行くことになっていた。その途端《とたん》にガロが誘拐され奴隷として闇に葬《ほうむ》られようとしていた。そう考えればこれは偶然ではないだろうな」

「存在が認められないから孤児院に入れられてたってことですか？」

倉野が問いかけるとダンは辛そうに頷いた。

大人たちの事情で孤児として育てられ、また大人たちの事情で迎え入れられようとし、さらにそれによって誘拐され奴隷にされそうになっていた。

表情から察するにダンもそれを良しとはしていないようである。

倉野の質問にダンは答えた。

「そう……それに関しては俺だって胸糞悪いさ。しかし、ガロが誘拐されるとなれば見逃すわけにはいかない。だけど、知ってるだろ？　俺の弱さは」

「まぁ、はい」

「ガロを守ってスロノスまで届けなければならない。それを手伝ってほしいんだ」

そう言ってダンは倉野の目を見つめる。

聞きたいことはいろいろあるが、それに関しては後からスキル「説明」を使えばわかることだ、と倉野は頷く。

「護衛すればいいんですね？」

「ああ。頼めるか？」

「事情を知ってしまった以上、断れないでしょう」

倉野がそう言うと、ダンは表情に明るさを取り戻した。

「感謝するぜ、クラノ」

ダンはそう言って倉野の手を握る。

そんな様子を見ていたアンナは心配そうに口を挟んだ。

「大丈夫なの？　危ないんでしょ？」

そう言われたダンは心配をかけまいと笑顔を見せる。

「心配すんな。俺一人なら無理だったけど、クラノがいるからな。俺百人分くらいは強いぜ」

「ゼロをいくつ並べてもゼロよ？」

「そりゃないぜ、アンナ」

ダンはそう言って苦笑した。

目の前でイチャイチャしないでもらってもいいですか、と倉野は心の中で呟く。


その後、これからについての話し合いが行われた。

「じゃあ、これからスロノスに向かうんですか？」

倉野がダンに問いかける。

するとダンは外の様子を眺めてから答えた。

「少しでも早くスロノスに行きたいが、外が暗くなってきてるんだ。明るくなってからのほうがいいと思うが……」

確かにダンの言う通り外は暗くなっている。

少し考えてから倉野は口を開いた。

「確かに危険かもしれないけど、街中で誘拐されてしまってるんだからここも安全とは言えないでしょう。僕が護衛しますから、進みませんか？」

「なるほどな。クラノの言うことにも一理ある。じゃあ、フォンガ車を用意して進むか」

ダンはそう言って、ガロを抱きかかえる。

まだガロは目を覚ましそうにない。

そんなダンの行動を見ていた倉野は立ち上がり、体を伸ばす。

すぐに行こうとは言ったものの、先ほどまで座って葡萄酒を飲んでいた倉野。

準備運動をしてから深呼吸をする。

「よし、いつでも行けますよ」

倉野がそう言うと、ダンは頷き店を出ようとした。

するとアンナがダンに歩み寄る。

「無事に帰ってきてね」

「ああ、約束する」

ダンはそう言って微笑んだ。

だから、目の前でイチャイチャしないでください、と倉野は心の中で呟き苦笑する。


それからダンは店を出てフォンガ車を用意してきた。

どうやら先ほどディルクたちが乗っていたフォンガ車を、待機させていたようである。

そもそも、ディルクの私物のフォンガ車なので、そのまま行けば国軍に押収されるものだった。

ダンは元々それを利用しようと考えていたらしい。

「さぁ、行こうか」

そう言ってダンはフォンガ車に乗り込む。

続いて倉野も乗り込み、フォンガ車は走り始めた。

「無事に帰ってきてね！」

アンナが背後でそう叫んでいる。

走っているフォンガ車の中で倉野は状況を振り返った。

倉野が確認しなければならないことは三つ。

「とある方」とは誰なのか。

急にガロを迎えに来ることになった事情とは何なのか。

なぜガロは誘拐されたのか。

そして倉野はダンに話しかける。

「ダン、いいですか？」

話しかけられたダンは一瞬身構えてから頷いた。

「ああ。アンナたちを巻き込まないために、あの場では聞かないでくれたんだろ？」

そう言ってダンは真剣な顔をする。

事情を知ってしまうと望まなくても巻き込まれてしまう、と考えた倉野は、先ほどの食堂では詳しく聞こうとしなかった。

ダンも倉野の気遣いを察して、後から話そうとしていたらしい。

倉野は頷いてから話を続けた。

「今さら、護衛を断るようなことはしませんから、教えてもらえませんか？　とある方とは誰なのか。急にガロくんを迎えに来ることになった事情とは何なのか。なぜガロが誘拐されたのか」

「……クラノなら調べる方法がありそうだもんな。あえて聞いてくれてるんだろう？　俺のことを信じて……わかった、すべてを話すぜ」

ダンはそう言って説明を始めた。

「とある方ってのはイルシュナ最大の商会の会長だ。イルシュナって国は資金力がそのまま権力になるから、実質この国の最高権力者だ」

「それってグレイ商会の会長……確か、ゾアド・グレイですか？」

倉野は記憶をたどりながらそう聞き返す。

ビスタ国でミーナ・グレイの事件について話している時にその名前をレオポルトが口にしていた。

その言葉を聞いたダンは一瞬驚きながらも頷く。

「ああ、そうだ。そこまで知っていたとは正直驚いたぜ……そう、ガロはゾアド会長の隠し子だ」

倉野は話の続きを予測し、言葉にした。

「ゾアド会長がガロくんの父親なら、事情っていうのはミーナ・グレイが殺害されたことによって後継者がいなくなったことですか？」

「なっ……そこまで知ってるのか……その通りだぜ。ゾアド会長は後継者を失ってしまった。そのためガロを呼び戻し、後継者にすることにしたんだ」

そこからさらにダンは説明を始める。


元々ガロはゾアド会長が愛人だったメイドに産ませた子だと言う。

しかし、正妻であるミーナの母がそれを許さず、孤児として孤児院に預けた。

もちろんそれについてはガロは知らずに生きてきたらしい。

そしてゾアドの後継者には当然のようにミーナが選ばれていた。

しかしミーナが先日の事件で命を落とし、グレイ商会は後継者を失う。

グレイ商会ほど大きい組織になれば後継者がいないから終わる、というわけにはいかず、誰かを後継者に指名しなければならない。

このままいくとゾアドの弟がグレイ商会を継ぐことになってしまう。

そこで唯一ゾアドの血を引いているガロを呼び戻すことにしたのだという。

「で、元々俺はバンティラスでガロのいる孤児院に寄付をしていたし、行商人としてグレイ商会と関わっていたんだ。そして俺とガロの関わりを知ったゾアド会長がつい先日、ガロを連れてくるようにと俺に依頼をしてきた。エスエ帝国に行く際にもゾアド会長にはお世話になっていたから、俺はその依頼を引き受けた」

ダンの話を聞き、倉野は疑問をぶつける。

「どうしてダンに依頼を？　グレイ商会の人間が迎えに行けばいいんじゃ？」

「いや、そうはいかなかったんだ。さっきもガロが誘拐されただろ？　あれはおそらくゾアド会長の弟ガマドの差し金だ。グレイ商会の人間が動くとガマドがそれを察知してしまう。だから俺に依頼してきたらしいぜ。まぁ、結局バレちまってたみたいだがな」

そう言ってダンはため息をついた。

話を聞いた倉野はなるほど、と頷く。

ガロが誘拐され闇に葬られようとしていたのは、グレイ商会会長の座を狙うガマドにとって邪魔な存在であったからだ。

倉野は眠っているガロに視線を送る。

まだ十歳程度の少年だ。そんな少年が大人の都合で捨てられ、また大人の都合でグレイ商会の後継者争いという舞台に勝手に上げられ、その命を狙われた。

どこの世界にも理不尽なことはいくらでもある。

しかし、これからの未来を作っていく子どもの命や権利を奪うことなど許されない。

倉野はゾアドにもガマドにも憤りを感じていた。

「こんなに小さいのに、振り回されてるんですね……」

悲しげに倉野がそう言うとダンはゆっくりと頷く。

「ああ……実は俺、ガロに家族ができるって喜んで引き受けちまったんだ。だが、事情を知るたびに、何がガロの幸せなのかわからなくなっちまった。果たしてグレイ商会に行くことがガロの幸せなのかってな……」

どうやらダンの中にも葛藤《かっとう》があったらしい。

しかし、このまま孤児院にいてもいつかは命を狙われるかもしれない。

それならばゾアドの庇護《ひご》下にいたほうが安全だろう、と考え行動したという。

しかし、ゾアドの庇護下にいるということは利用されるということ。

ダンはそれをわかっていた。

「だから俺は、最後までガロに付き合おうと思っているんだ。何が起ころうと」

「弱いくせにカッコつけますね」

倉野はそう言ってダンに微笑んだ。

心の中で、この子のために自分もできることをしようと誓う倉野。

今できることといえば、ガロを安全にグレイ商会まで連れていくことだ。

「グレイ商会まで行けばガロくんは安全ですか？」

改めて倉野はダンにそう問いかけた。

今回の目的をはっきりとさせるためでもある。

するとダンは少し考えてから頷く。

「ああ、流石にガマドといえどもグレイ商会内でガロを狙うことはできないだろうよ。グレイ商会の本部までガロを連れていけば何とかなるはずだ」

勝利条件はガロをグレイ商会本部まで連れていくこと。

敗北条件はガロを奪われること。

今の状況をはっきりさせた倉野はゆっくりとガロの頭を撫でる。

この小さな体には争いの種が眠っていた。

イルシュナという国を統《す》べる血が流れていた。

そんなものがガロの人生を弄《もてあそ》んでいるのである。

話をしながらもフォンガ車は休みなく走り続けた。

バンティラスからスロノスまでは歩いて半日。

フォンガ車であれば数時間もあれば到着するだろう。

夜のうちにスロノスに着く計算だ。

「夜のうちにスロノスに着ければ夜の闇に紛《まぎ》れてグレイ商会本部まで行けるな」

ダンはそう言って外を眺める。

高層ビルや街灯のないこちらの世界では、月や星の光、せいぜい松明が照らしている程度だ。

夜に特定の相手を見つけるのは難しいだろう。

しかし、バンティラスからスロノスまでの道は一本しかない。

この道中が一番狙われやすいだろうと、倉野もダンも理解していた。


警戒しながらスロノスに向かう倉野たち。

だが、驚くほど何も起きず、気づけばスロノス目前まで来ていた。

「あれがスロノスだ」

ダンが前方を指差してそう言う。

言われた倉野が身を乗り出して前方を確認すると、暗闇の中にうっすらと城壁のようなものが見えた。

イルシュナ最大の街なだけあって、想像以上に大きい。

そしてその大きな街はグレイ商会が統治している。

グレイ商会の大きさを示していた。

もうすぐスロノスに到着するというところでガロが目を覚ます。

「う……うう」

「ガロ、大丈夫か？」

ガロの声に気づいたダンが声をかけた。

するとガロは周囲を見渡し、少し不安そうな表情を浮かべる。

「ダン兄ちゃん？　ここはどこ？」

「ああ、俺だ。どこか痛いところはないか？」

ダンはそう言ってガロの手を握った。

手を握られたガロは少し安心したように頷く。

「うん、大丈夫だよ。何で僕はここにいるの？」

「ガロ……」

ダンはゆっくりと深呼吸をした。

それは今からガロに事情を説明するための心の準備だろう。

ガロの目を見ながらダンはゆっくりと口を開いた。

「いいかい、ガロ。よく聞いてくれ」

「うん？」

「今から俺たちはスロノスに行くんだ」

「スロノスに？」

ガロは首を傾げる。

ガロが混乱しないように気を付けながら少しずつ話すダン。

さらに言葉を続けた。

「今から向かうスロノスにはガロの父親がいる」

「え？」

驚いたガロは身を仰《の》け反《ぞ》らせる。

ずっと自分には家族などいないと思っていたのだから無理はない。

すぐには理解できないだろうとわかりながらもダンは話を進める。

「驚くのも無理ないさ。でも聞いてくれ。ガロには父親がいたんだよ。そして今からその人のところに向かうんだ」

「僕に……父さんが？」

「ああ、そうだ。でな、どうしてもガロに会いたいって言うんだ。会ってやってくれないか？」

どうやらダンはガロが命を狙われていることや誘拐されたことを言わないことにしたようだ。

なるほど、と倉野は頷く。

命を狙われていることやグレイ商会の話をしても今のガロは混乱するだけだろう。

今は父親がいたという事実だけでいっぱいいっぱいなはずだ。

困惑しながらガロはダンの手を強く握り返す。

小さな体で、現実を受け止めようとしているのだろう。

さらにダンは言葉を重ねる。

「何かあっても俺がそばにいる。一緒に行ってくれないか？」

何としてもガロをグレイ商会の庇護下に置かなければならない。

そうしなければ再びガロは命を狙われてしまう。

だが、ガロの意思を無視してしまうと、今以上にガロを追い詰めることになってしまうだろう。

一緒にいる、という約束がダンにできる精一杯だった。

ダンの真剣な眼差しに応えるようにガロは頷く。

「……うん。ダン兄ちゃんが一緒にいてくれるなら」

そこにはダンとガロが重ねてきた時間や絆《きずな》が感じられた。

孤児院に寄付を続けてきたダンはガロを兄弟のように思っているのだろう。

ガロは父親に会う覚悟を決め、ダンはガロと一緒にいることを決めた。

倉野はこの二人を守ると覚悟を決める。

「ところで、この人は誰？」

ガロは倉野のほうを見ながら当然の疑問を口にした。

倉野はガロを怖がらせないように優しい表情をして名乗る。

「僕は倉野。ダンの友人だよ。僕も一緒にガロくんを守るからね」

倉野の言葉を聞き、少し表情が和らぐガロ。


その後、何事もなく倉野たちを乗せたフォンガ車はスロノスに到着した。

夜のうちにバンティラスを出たことが功を奏したのだろうか。

だが、何もないならば好都合である。

スロノスを囲んでいる城壁の目前でフォンガ車を停め、そこからは歩いて向かう。

「じゃあ、行こうか」

ダンはそう言ってガロの手を引く。

倉野はついていくように二人の背後で周囲を警戒していた。

他の街と同様に門のところで手続きをし通り抜けると、スロノスの街が広がっている。

暗くてよくわからないが、それでも倉野が知っているどの街よりも道が広く建物が多いことはわかった。

しばらく歩くと明らかに大きな建物が見える。

まるで城のような形をしており、大きな看板が掲げてあった。

「ここだぜ」

ダンは背後の倉野のほうを向きながらそう言う。

するとガロが不思議そうな表情を浮かべ、ダンに問いかける。

「ここってグレイ商会?」

「ああ、そうだよ。ガロの父親はここにいるんだ」

「ここに父さんが?」

もう驚くことに慣れたのか、聞き返すガロは存外冷静であった。

ダンは頷き、話を続ける。

「ああ。驚くと思うがガロの父親はここの会長だ」

そう伝えるダンだったがガロはよくわかっていない様子だ。

「会長？」

「ここで一番偉い人だよ。ガロはその人の息子なんだ」

そう言われたガロは無表情のままダンの手を強く握る。

いろんな思いが胸の中を駆け巡っているのだろう。

お金持ちで立場もある人間が自分を捨て、約十年間迎えにも来なかった。

悲しみや憤り、まだ少年のガロには形容し難い思いが握る手からダンに伝わる。

手を強く握り返し、ダンは前を向いた。

「行こう、ガロ。納得できないこともいっぱいあるだろうし、わからないこともあるだろうぜ。だけど、進むんだ。ガロを守るためにも進むしかないんだ」

様々な思いの中、ダンはそう言う。

ガロを捨て、自分たちの都合で呼び寄せるゾアドに思うことなどいくらでもある。しかし、ガロを救うにはグレイ商会を頼るしかない。

倉野はそんなダンの背中を眺めながらも周囲を警戒する。

三人はそのままグレイ商会の扉を開き中に入った。

夜間だったが扉は開いており、中はまだ明るい。

入ってすぐは通路になっており、奥に部屋がある。

どうやらまだ仕事をしている人がいるようだ。

「あの、すみませーん」

大きな声でダンがそう言うと、奥の部屋から人が出てくる。

「何ですか？　こんな遅くに。もう店はやってないですよ」

奥から出てきた男性はめんどくさそうにそう言った。

残業中に誰かが来ると作業は止まるし余計に時間はかかるし大変だよな、と倉野はこっそり同情する。

しかし、そんなことも言っていられない。

グレイ商会の男性が迷惑そうな顔をしているのにも構わず、ダンは用件を話す。

「ゾアド氏の依頼でこの子を届けに来ました。急ぎの用なのでゾアド氏に取り次いでいただけませんか」

ダンの要求を聞いた男性は疑いの目を向けた。

「会長の依頼ですか？　そのような話は聞いていませんが」

「事情あって極秘の行動でしたので」

そう言い返すダン。

しかし男性は納得しない。

「とにかくこんな時間に怪しい人物と会長を会わせるわけにはいきません」

男性の言っていることは正しいのだが、そのような問答に付き合っている時間はない。

すぐにでもゾアドにガロを保護してもらわなければ、ガマドの刺客《しかく》が襲ってくるかもしれないのだ。

少しずつダンは焦りを露わにする。

「ですから、急ぎで極秘なんですって」

「ですから、私も通すわけにはいかないんですって」

男性にそう言い返され、ダンはどうしようかと考え始める。

背後からその様子を見ていた倉野は小さな声でダンに耳打ちする。

「ダン。ここを抜ければゾアド会長の居場所はわかりますか？」

突然耳打ちされ驚いていたダンだが、すぐに冷静になり答えた。

「ああ、会長はここの最上階に住んでいる。だが、ここを抜けても、また他の階で止められるぜ？」

「それなら大丈夫です」

倉野はそう言ってからスキル「隠密《おんみつ》」を発動させる。

発動範囲は倉野自身とダン、ガロだ。

スキル「隠密」を発動させると、極限まで存在感が消え、周囲の人間から認識されなくなる。

認識されないということは消えることと同義だ。

突如、目の前から三人が消え、男性は表情を固まらせる。

壊れたロボットのようにカクカクと左右を見渡しながら、口を震わせていた。

声も出ないというような様子である。

ダンやガロからすれば、いきなり目の前の男性がおかしくなったように見え、心配になったダンが声をかけた。

「あの、どうしたんですか？」

しかし、スキル「隠密」は普通に消えるのとは違い、存在が認識されなくなる。

声すらも認識されなくなってしまうのだ。

男性はそのまま周囲を見渡している。

その様子を見て不思議そうな顔をしているダンに倉野は話しかけた。

「声は届かないんですよ、ダン」

「え？　これはクラノが何かしたのか？」

「まぁ、はい。見えなくなるスキルなんです」

「何だよ、そのぶっ壊れたスキル」

そう言って呆れた顔をするダン。

このスキル「隠密」により倉野たちは誰にも見つからずに進める。

そのまま階段を探して上り、グレイ商会本部の最上階までたどり着いた。

最上階への階段から通路が伸びており一番奥に扉がある。

そこがゾアドの自室だとダンは説明した。

「ここだ」

扉の手前まで来てダンはより強くガロの手を握る。

父親との初めての対面を目前にしてガロは体を強張《こわば》らせていた。

「ダン兄ちゃん……」

すがるようなガロの声にダンは頷く。

「大丈夫だ。ここにいる」

そう言ってダンは目の前の扉を開いた。


扉を開くと部屋の中は真っ暗である。

時間が時間なだけにゾアドは就寝しているようだ。

しかしダンはお構いなしに呼びかける。

「ゾアド会長！　ダンです、御子息をお連れしました」

だが、今はスキル「隠密」を発動しているため、その声は届かない。

それに気づいた倉野はすぐさまスキル「隠密」を解除した。

「ダン、もう一度叫んでください」

「ん？　ああ。ゾアド会長！　ダンです！　起きてください」

倉野に指示されダンがもう一度叫ぶと、部屋の奥で何かが動く。

再びダンが呼びかけると、一気に部屋が明るくなった。

どうやらゾアドが魔法で部屋中のランプに火をつけたらしい。

そして部屋の奥から髭《ひげ》を蓄えた男性がゆっくりと歩いてきた。

「こんな時間に誰だ」

「ゾアド会長、ダンです」

ダンはそう言って歩み寄る。

ゾアドと呼ばれた男性は不機嫌そうな顔でダンを見た。

「ああ、ダンか。こんな時間にどうした」

「御子息をお連れしました」

そう言ってガロを指し示すダン。

するとゾアドは品定めするようにガロを眺める。

「おお、そうか。お前がガロか」

言葉をかけられたガロはダンの足にしがみついた。

どうやら感動の再会にはならないらしい。

そもそもガロは奴隷商人ディルクに気絶させられ誘拐されていた。そして目を覚ますとフォンガ車に乗っていて、今から父親に会いに行くと言われ連れてこられたのだ。

ダンに支えられているとはいえ、心の中は不安でいっぱいだろう。

ゾアドの言葉に応えられなかったガロ。

そんなガロにゾアドはさらなる言葉を続ける。

「どうした？　喋《しゃべ》れないのか？」

「あ、あの……」

ガロは話そうとするがうまく言葉が出てこない。

様子を察してダンが口を開く。

「まだ混乱しているようですので」

「そうか。まぁいい。ところでどうしてこんな時間に来たんだ？　そしてそっちの男は何者だ？」

ゾアドはそう言って倉野を指差した。

倉野はゾアドの偉そうな態度に不満を感じながらも名乗る。

「申し遅れました。倉野と申します。この二人を護衛してきた者です」

倉野の言葉を聞き、ゾアドは首を傾げた。

「護衛だと？」

ゾアドが疑問を口にするとすかさずダンが説明する。

「先ほど、ガロ……いえ、御子息は奴隷商人に誘拐されました」

「何ぃ？」

食い気味に口を挟むゾアド。

構わずにダンは説明を続けた。

「私がゾアド会長の依頼で御子息を迎えに行こうと思い、バンティラスの街に到着した頃だと思われます。その時このクラノが奴隷商人を追いかけ、御子息を救出いたしました。状況的にまた襲われてもおかしくないと判断し、そのまま護衛を依頼したのです」

説明を聞いたゾアドは頷き、倉野に軽く頭を下げる。

「そうか。感謝するぞ、そちらの御仁。で、その奴隷商人は？」

そう問いかけられたダンが新たに説明を始めた。

「奴隷商人の名はディルク。おそらく、ガマド氏の息がかかったものではないかと思われます。身柄は国軍に引き渡してきました。そして、そのようなことがあったため、夜間でしたがこちらに向かった次第です」

聞き終えたゾアドは左手の親指を噛んで、苛立《いらだ》ちを露わにする。

「ガマドめ……どこからガロの情報が漏れたんだ。くそっ！　後継者がいないとなればグレイ商会の権限は奪われてしまう。ガロを奪われるわけにはいかん」

どうして純粋にガロの心配ができないのか、と倉野は心の中で不満を呟いた。

それからゾアドはガロに歩み寄り彼の肩を摑む。

いきなり肩を摑まれたガロは身を強張らせ、目を閉じた。

やはり、ゾアドのことを怖がっている様子である。

突然父親だと告げられた男がガロの心配よりも自分の立場を心配し、苛立ちを表に出しているのだ。怖いと思うのも無理はない。

そんなガロの気持ちを考えずにゾアドは口を開いた。

「ガロ、よく来てくれたな。私がお前の父親だ。お前の力が必要だ、わかるな？」

そう言われてもガロは怯えるばかりである。

ダンはガロの気持ちを察し口を挟んだ。

「ゾアド会長。御子息が怯えてしまっています。どうか時間をあげてください」

言われたゾアドは不満そうに言い返す。

「そんなことを言っている場合ではないだろう。ガマドが行動を起こしている以上、すぐにでもガロを後継者として発表しなければならん。グレイ商会の実権を奪われるわけにはいかんのだ。ミーナが生きていればこのようなことにはならなかったのだがな」

ガロの気持ちを無視するような言葉にダンは眉をひそめた。

グレイ商会の権力争いに神輿《みこし》として担ぎ上げられるガロ。彼には拒否権も選択権も与えられない。

ただ、実権を奪われまいとするゾアドが守り、実権を奪いたいガマドが奪おうとしている。

娘のために戦争を起こそうとした人物だ。ガロにもそんな愛情を注いでくれるのではないかという期待をしていた倉野だったが違ったようである。

そして期待していないほうの性格は持っているらしい。

目的のためには周りの気持ちを考えずに行動するという性格である。

不快感を感じた倉野はつい口に出してしまう。

「それじゃあただの旗じゃないですか。守ったら勝ち……取ったら勝ちって」

倉野の言葉を聞いたゾアドは言い返した。

「そこの御仁、わかっておらんな。グレイ商会とはイルシュナの象徴。これはガロの奪い合いではない。イルシュナの奪い合いだ」

そうゾアドが言うと聞いていたダンが口を開く。

「ゾアド会長、約束が違うじゃないですか。ガロを……御子息を家族として迎えるために連れてきてくれ、とそう言ったじゃないですか」

「ああ、そうだ、家族だ。しかし我々はグレイである。いいか、必要なのは納得ではない。理解だ」

「それじゃあ、ガロの気持ちはどうなるんですか。ようやく父親に会える、ようやく家族ができると思ったんですよ」

ダンがそう言い返した。

しかしゾアドに言葉は響いていないらしい。

「ただのガロならそれでいいだろう。しかし、そいつはガロ・グレイだ。問答は無駄だぞ、ダン。グレイの名を捨ててもガマドから命を狙われるだろう。グレイ商会の庇護下に入らなければ助からない。それがわかっていてここに来たんだろう」

ゾアドの言葉を聞いてダンは黙ってしまう。

図星だ。

さらにゾアドは言葉を続ける。

「仕方ない。そこまでガロが心配だと言うのなら、ダン、お前がガロの面倒を見ろ。だが、ガロを後継者として担ぎ上げるのは決定事項だ」

そう言われたダンは奥歯を噛みしめながら頷いた。

「わかりました。事態が落ち着くまでガロのそばにいます。そう約束しましたから」

言いながらダンは強い眼差しでゾアドを見つめる。

ダンの眼差しに強い意志を感じたのか、ゾアドは諦めたように口を開く。

「よかろう、部屋を準備させる。我が弟ガマドといえどこの本部にまでは手出しできまいよ。時間も遅い、また明日に話すとしよう」

ゾアドはそう言って部屋の奥に戻っていった。

今話してもガロを従わせられないと判断したのだろう。

ゾアドがいなくなるとすぐに部屋の扉が開き、従業員が入ってきた。

従業員は扉の外で話を聞いていたらしく、すぐに他の部屋へ通される倉野たち。

「こちらが泊まっていただくお部屋です」

従業員はそう説明して去っていった。

案内されたのは簡易的な寝具が並べてあるだけの簡素な部屋である。

「ごめんな、ガロ。悲しい思いをさせちまったな」

部屋に入ってすぐにダンはそう言ってガロの肩に触れた。

ガロは強がるように首を横に振る。

「ううん、大丈夫。ダン兄ちゃんが守ろうとしてくれたのはわかったよ」

そうガロに言われたダンは悔しい気持ちでいっぱいになった。

何もできない自分に嫌気が差す。

こんな小さな少年に気を遣わせてしまう自分が情けない。

結局、ガロを守るためにはゾアドに従うしかないだろう。

しかし、それはガロがグレイ商会の権力争いに巻き込まれることを意味していた。

「そばにいるからな」

ダンがそう言うとガロはゆっくり頷く。

それからダンは倉野に話しかけた。

「クラノもすまなかったな。胸糞悪《わり》ぃもん見せちまった」

「いや、僕は大丈夫です。しかし、これからどうするんですか？　ゾアド会長の話しぶりじゃ、朝にはもう、ガロくんが後継者だって発表されてしまうでしょうし」

「そうだな。だが、後継者として発表されてしまえば、ガマドも簡単には手出しできなくなる。問題はガロの待遇だ……」

ダンはそう言ってガロの頭を撫でる。

元々、ゾアドの後継者としてガロが迎えられることを知っていたダン。誤算だったのは命を狙われてしまうことと、実権を守るための道具のように扱われてしまうことだ。

今ダンがそばにいてできることと言えば、ガロの心を支えるくらいである。

倉野は少し考えてから口を開いた。

「……そうですね。ガロくんをちゃんと迎え入れてもらうには、権力争いを終わらせるしかない。どうしますか？　ガマドのほうを黙らせに行きますか？」

そう倉野が話すとダンは顔をひきつらせる。

「おま、怖《こえ》ぇこと言うなよ」

「それが一番早いかなと思いますよ」

「たまにとんでもないこと言うよな、クラノ」

そう言ってダンは苦笑した。

半分本気だったんだけどな、と倉野は心の中で呟く。

さらにダンは言葉を続けた。

「確かに、ガマド側を制圧すれば危険は去るだろうよ。だが、それは一瞬のことだと思うぜ。グレイ商会の権力を狙う奴はいくらでもいるだろうからな」

「そうか。じゃあ、結局ガロくんが落ち着くには……」

「ああ、そうだ。グレイ商会の後継者として認められるしかないのさ。そうなれば大っぴらに命は狙われなくなる。だが、それでは結局ゾアド会長に利用されることになっちまうがな」

解決策の見つからない悩みに頭を抱えるダン。

そんな話をしているとガロが大きなあくびをした。

「あ、悪《わり》ぃなガロ。眠たくなっちまうよな。ほら、とにかく休もう」

そう言ってダンはガロをベッドに寝かせる。

その様子を見ていた倉野はガロを起こさないように静かに声をかけた。

「しばらく付き合いますよ、ダン。何かあれば僕が守りますから、ダンはガロくんを支えてあげてください」

倉野はそう言って、他のベッドに座り込む。

ダンはガロを寝かしつけながら微笑んだ。

「ありがとな、相棒」

そのまま倉野たちは眠りについた。


窓から差し込んできた朝日の眩しさに目を覚ました倉野。

その隣では鞄から出てきたツクネが丸まっていた。

ベッドから起き上がった倉野が部屋を見渡すと、ダンとガロが寄り添い合って眠っている。

まるで本物の兄弟のような二人。

昨夜、怯えていたガロは穏やかな表情をしていた。

だが、朝が来たということは再びグレイ商会の権力争いに巻き込まれるということである。

気合いを入れるように伸びをした倉野は鞄から干し肉を取り出してツクネを起こす。

「ツクネ、朝だよ」

「クー？」

眠そうに反応するツクネ。

目を開けて干し肉を確認すると飛びついて食べ始めた。

「美味しいかい、ツクネ」

「ククー」

「そりゃ良かった」

そう言いながら倉野も干し肉をかじる。

質素な朝食を食べていると、ダンが目を覚ました。

「ん？　起きていたのかクラノ。それとツクネだな、元気だったか？」

ダンに話しかけられたツクネは食べるのをやめて振り向く。

「クー」

「そうかそうか」

ツクネの返事を聞いたダンは満足そうな顔であくびをした。

ダンが起き上がると隣にいたガロも目を覚まして起き上がる。

「おはよう、ガロ」

ダンがそう話しかけると、ガロは目をこすりながら返事をした。

「おはよお、ダン兄ちゃん、クラノさん」

「おはよう、ガロくん。よく眠れたかい？」

そう倉野が問いかけるとガロはゆっくり頷く。

それからダンは自分の持っていた食料を取り出し、朝食にした。

ダンたちが朝食を食べ終わるとタイミングを計ったように、部屋の扉が開く。

ノックもなく入ってきたのは、豪華な装飾を施した服を着ている若い男だった。

その男は偉そうにふんぞり返り口を開く。

「おい、ゾアドの息子はここか？」

ダンはすぐに振り返り頷いた。

「あ、ああ。そうだが、なんでしょうか？」

男の態度に不満を感じながらもダンがそう問いかけると、男は口角を上げる。

「私はガーランド・グレイだ。大人しくゾアドの息子を渡してもらおうか」

ガーランドはそう言って、ガロを指差した。

グレイ商会の会長であるゾアドを呼び捨てにし、グレイの名を持っている男ガーランド。

まさか、と心の中で呟いた倉野はガーランドとガロの間に割って入り、問いかける。

「もしかして、ガマド氏の？」

倉野の言葉を聞きガーランドはさらに口角を上げ答えた。

「ああ、ガマド・グレイは私の父だ」

すぐにダンはガロを守るように前に出る。

その後、ガーランドは合図をするように右手を掲げた。

するとガーランドの背後に武装した者が何人も並び、部屋の入り口を塞《ふさ》ぐ。

武力でガロを奪いに来たということだろう。

身構えながらダンは疑問を口にした。

「どうして、グレイ商会内でガマド陣営が襲ってくんだよ。手を出せないはずじゃないのか」

「一つだけ可能性があります」

答えるように倉野はそう言った。

ゾアドの手中にあるグレイ商会の中でガロを奪いに来たこの状況。

それが意味することは、と倉野は言葉にする。

「おそらくグレイ商会はガマドの手に落ちました。相手のほうが一手早かったみたいです」

倉野の言葉を聞いていたガーランドが笑い始めた。

「ふははは、その通りだ。グレイ商会は我々ガマド派が制圧した。抵抗するだけ無駄だ」

それを聞いたダンはガーランドを睨《にら》みつける。

しかし、ガーランドの背後には何人もの武装した男が控えており、威圧していた。

どうするべきか、と倉野は考え始める。

この場を突破することは簡単だ。

スキル「神速」を使って全員を倒すこともできるだろう。スキル「隠密」を使って逃げることも可能だろう。

だが、グレイ商会が制圧されてしまっているならば逃げても無駄である。

ここでガーランドを倒したところで解決しないだろう。

結局、ガマドが他の刺客を送り込んでくるだけだ。

そこまで考えてから倉野は強く拳《こぶし》を握る。

もういいか、と心の中で呟いた倉野。

考えれば考えるほど、我慢していた不満が溢れてくる。

溢れた不満が倉野にとある決断をさせた。

「逃げても無駄でしょうけど、このまま捕まる意味もないので、逃げさせてもらいます」

ガーランドに向かって倉野はそう言う。

まだ幼いガロの気持ちを無視して争い合うのならば、すべての事情を無視してその争いを無理やり止めてやろう、と倉野は決断したのだ。

倉野の言葉を聞いたガーランドが鼻で笑い、口を開く。

「ふっ、馬鹿か貴様。この人数相手にどうするつもりなんだ?」

そう言われた倉野は目で追えない速度で拳を打ち込みガーランドの鼻先で止める。

拳で打ち抜かれたと錯覚《さっかく》したガーランドは恐怖を感じ、その場に座り込んだ。

「ひ、ひぃっ」

情けない声を上げるガーランド。

その瞬間背後にいた護衛たちが部屋になだれ込み倉野に剣を向けた。

「貴様! ガーランド様に何をした!」

護衛の一人がそう言うと倉野は睨みつけるように視線を送り、返答する。

「やだなぁ、当ててませんよ。勝手にビビって腰抜かしただけでしょ？　でも流石にイライラしてきたので、黙って通してもらえませんか？」

倉野はそう言って座り込んでいるガーランドのほうを見た。

見下ろされたガーランドは先ほどの寸止めパンチの恐怖もあり、身震いする。

「や、やめろぉ」

「何もしませんよ。ただ、大人が寄ってたかって小さな子どもを道具のように奪い合う姿が不愉快で不快だったんです。だから、さっさと通してくださいね」

さらに倉野はそう言って、部屋の入り口のほうを見る。

倉野の視線に恐怖を感じたガーランドの護衛たちはすぐに道を空けた。

だんだんと怒りのボルテージを上げる倉野。

「行きましょう。ダン」

そう言いながら歩き出す倉野。

心の中は憤りでいっぱいだ。

溜まっていた不満が溢れ出し、止められなくなっている。

そんな倉野の姿に驚きながらもダンはガロを連れてついていった。

「ク、クラノ、どうしたんだよ」

「馬鹿馬鹿しくないですか？」

ダンに問いかけられた倉野はそう答える。

通路を歩きながら倉野は自分の気持ちを言葉にした。

「今、争ってるの全員身内同士なんですよ。だから極力口出ししないように見てたんです。でも、ここまでガロくんを蔑《ないがし》ろにするのであれば、口だけじゃなく手も出してやろうと思いまして」

「おいおい、気持ちはわかるが、相手はグレイ商会だぞ？」

「関係ありません。どうせ僕はこの国の人間じゃないですから」

そもそもこの世界の人間でもない、と倉野は心の中で付け足す。

歩いていると背後からガーランドの情けない声が聞こえてきた。

「お、追いかけろぉ！　早く行かんかぁ！」

指示された護衛たちは全速力で追いかけてくる。

声に振り返ったダンは慌てて声を上げた。

「ど、どうするクラノ！　追いかけてきたぞ」

「関係ないですって」

冷静に倉野はそう答え、スキル「神速」を発動する。

相対的に時間を止めた倉野は護衛たち全員の腹部に一撃を入れ、スキル「神速」を解除した。

ダンの目にはいきなり護衛たちが吹き飛んだように見える。

「な……」

「さぁ、行きましょう」

倉野の強さに言葉を失うダン。

一瞬、息をするのすら忘れたダンだったが、我を取り戻し倉野に問いかける。

「もしかしなくても、めちゃくちゃ怒ってるよな？」

「ええ、自分でも驚いてます。この国に来てからずっと権力だのなんだのって争いを見てきました。大人同士が野望を持って争うのは、正直どうでもいいんです。でも、こんな風に子どもを巻き込んで命を狙って……わからせてあげますよ。上から力で押さえつけられるのがどんな気持ちなのか」

倉野がそう言い放つとダンは不安そうに聞き返した。

「これからどうするつもりなんだ？」

「最上階に向かいます」

そう倉野が冷静に答える。

するとダンは驚き、身を仰け反らせた。

「お、おいおい。最上階はゾアド会長の居室だぜ？　ってことはおそらくガマド派に占拠《せんきょ》されてるはずだ。下手したらガマドすらもそこにいるかもしれない」

そうダンに言われた倉野。

しかし、目的はそれである。

先ほど部屋を出た瞬間にスキル「説明」を発動し、ガマド・グレイの居場所を調べた。

その結果、ガマドの居場所はグレイ商会の最上階だと判明。

都合よくこのグレイ商会の権力争いというシナリオの登場人物が揃っている。

「だから行くんですよ。ちゃんと守りますからついてきてください」

倉野はそうダンに告げ、歩を進めた。

通路を進んでいくと正面から武装した者たちが数人歩いてくる。

その者らは倉野たちを見つけ、武器を手に取った。

どうやらガマド派の人間らしい。

「いたぞ！　あっちだ」

「捕まえろっ！」

そう声を上げて走ってくる者たち。

その迫力にダンとガロは身を固まらせる。しかし、倉野だけはゆっくり深呼吸していた。

そのまま呼吸を整えるとスキル「神速」を発動させる。

向かってくるガマド派たちの武器をはたき落とし、全員の腹部に一撃を入れた。

スキル「神速」を解除すると、ガマド派たちは呻《うめ》き声を上げながらその場に倒れ込む。

「もう驚かねぇぞ」

ダンはそう呟きながらガロの手を引いて倉野についていった。

それからも至るところでガマド派らしき者たちに襲われる倉野たち。

しかし倉野はそのすべてを一瞬で制圧し、最上階を目指した。

階層が上がるたびに襲ってくる人数は増え、明らかに強者らしき者もいる。

「止まれ！　私は勇者ドエルフの末裔《まつえい》！　この剣の速度についてこれるかな」

スキル「神速」でパンチ。制圧。

「この魔剣ディアルガの錆《さび》になりな！」

スキル「神速」でキック。制圧。

「最上級魔法ビッグバンスマッシュ！」

スキル「神速」でチョップ。制圧。

「おで、まもる。ガマドさま」

スキル「神速」でかかと落とし。制圧。

「圧倒的すぎないか？」

躊躇《ちゅうちょ》なく圧倒する倉野にダンはそう話す。

まるでゲームのダンジョンみたいに各階層にいた強者。それらを難なく突破した倉野はそのまま最上階へと到達した。

最上階の通路には百人近くのガマド派が部屋を守護するように待機している。

「ちょ、多すぎっ」

思わず言葉に出してしまうダン。その隣でガロも小さく震えていた。

「大丈夫ですよ。数とか関係ないですから」

そう言ってから倉野は拳を構える。

倉野以外にとっては瞬きをするよりも短い時間。倉野はスキル「神速」を発動し、一瞬で通路にいたすべてのガマド派を制圧した。

バタバタと倒れていくガマド派たちを確認した倉野は振り返って、ダンに手招きする。

「行きますよ」

「お、おう」

そう答えたダンは、倒れているガマド派たちを踏まないように通路を歩き部屋の前まで到達した。

「あっという間にここまで来れちまったな。ここからどうするんだ?」

部屋の扉の前でダンはそう倉野に問いかける。

倉野は振り返って膝をついた。

目線をガロの高さに合わせ、しっかりと目を見つめ話しかける。

「それを決めるのはガロくんだ。ガロくん、君はどうしたい？」

そう言われたガロは少し困った顔をしてから、ダンの手を強く握った。

そしてガロは強い眼差しで答える。

「僕は……誰も喧嘩《けんか》しないようにしたい。そんでダン兄ちゃんと一緒にいたい」

彼なりに昨夜からの騒動に思うところがあったのだろう。

一番最初に望んだのは誰も争わないということだった。

まだ十歳くらいの少年ですら平和を望めるというのに、と倉野は呆れてしまう。

ガロの望みを聞いた倉野は頷いてから微笑んだ。

「わかったよ。決着をつけに行こう」

倉野はそう言って立ち上がり扉を開く。

ゾアドの部屋に入ると武装した男が数人と、豪華な服装をした四十代くらいの男が立っており、縄で縛られ座り込んでいるゾアドを囲んでいた。

おそらく豪華な服装をした男がガマドだろう。

「なんだ貴様ら！」

ガマドらしき男は倉野たちにそう叫んだ。

その声に反応したゾアドが縋《すが》り付くように口を開く。

「おお、お前たちか。早く助けてくれ！」

「黙れゾアド！　それよりも傭兵《ようへい》たちはどうした！　各階にも通路にいただろうが！」

そんなゾアドの言葉を遮《さえぎ》るようにガマドが割り込んできた。

まだ開いている扉のほうを指差して倉野は話し始める。

「全員倒れてますけど」

そう言われたガマドは扉の外を覗《のぞ》いた。

もちろんそこには倉野が倒したガマド派たちがカーペットのように敷き詰められている。

「な、なんだとっ！　何をした！」

信じられないという表情でガマドはそう叫んだ。

倉野は呆れたような顔で返答する。

「何をって、倒したに決まってるじゃないですか」

「馬鹿な、百人以上いたんだぞ」

ガマドはそう言って眉間《みけん》にシワを寄せた。

それと同時に周囲にいた傭兵たちが倉野に武器を向ける。

危険と判断したのだろう。

武器を向けられた倉野はため息をついた。

「外の人たちを倒したって言ってるんですから、諦めて降参したほうがいいと思いますけどね」

倉野がそう言うと、ガマドは強がるように腕を組み言い返す。

「貴様のような細腕の男がそんなことできるわけないだろうが！　それよりもそこのガキはゾアドの隠し子か？　そいつをこちらに寄越《よこ》せ」

そう言いながらガマドはガロを睨んだ。

その視線に恐怖を感じたガロはダンの背後に隠れる。

自分もそれほど強くなく、怖いはずのダンはガマドを睨みつけ、口を開いた。

「ガロを渡すわけにはいかねぇな。それよりもさっさと降参したほうがいいぜ。このクラノって男は規格外だからな」

そうダンが言ってもガマドは引かない。

「その地味でパッとしない男が規格外だと？　どこからどう見ても凡庸《ぼんよう》じゃないか」

そう言われた倉野は呆れて再びため息をついた。

実際に百人以上倒れているのを目の当たりにしているのに信じず、偉そうに煽《あお》ってくるなんて、どこまで自分を特別だと錯覚しているのだろうか。

心の中でそう呟いてから倉野はスキル「神速」を発動した。

ゆっくりと歩いてガマドの背後に回り、スキル「神速」を解除する。

目の前にいた倉野が突然消えたと錯覚し驚愕《きょうがく》するガマド。

そんなガマドに倉野は背後から話しかけた。

「地味でパッとしなくて凡庸ですよ。だから、権力者の気持ちなんてわかりません」

そう言われたガマドは慌ててそちらを振り向く。

周囲の傭兵たちも困惑しながら視線をそちらに向けた。

「ど、どうやって、背後に回った！」

ガマドにそう問いかけられた倉野はため息をつく。

この人は問いかければ答えてもらえると思っているんだな、と倉野は心の中で呟いた。

イルシュナを統べる力を持ったグレイ商会にいて、特権階級のように振る舞ってきたのだろう。望んだことを無理やり叶えてきたのだろう。

だからこそこのような状況でも横柄《おうへい》な態度を取り、上から押し付けるような物言いができるのだろう。

ゾアドもガマドもそうして生きてきたからこそ、血のつながりがあるガロを道具のように扱うのだ。グレイ商会の権力争いに巻き込み、その命を軽んじるのだ。

倉野は怒りを鎮めるように深呼吸をしてからガマドの胸ぐらを摑む。

それに反応した傭兵たちが一気に武器を向けてきたが、倉野が周囲を睨むと傭兵たちはその場で停止した。

倉野との実力差を察したのだろう。

胸ぐらを摑まれたガマドは倉野の腕を摑み返して暴れる。

「やめろ！　私に触れるな下郎がっ。頭《ず》が高いぞ！」

そう言われた倉野はスキル「剛腕」を発動しガマドの体を持ち上げた。

足が地面から離れたガマドはようやく倉野の強さを理解したのか大人しくなる。

倉野は見上げるようにガマドの目を見ながら口を開いた。

「どうやら僕の頭《ず》が高いそうなので、頭を持ち上げてあげました」

「違っ……そうじゃない」

苦しそうにそう言い返すガマド。

しかし、倉野は手を緩《ゆる》めずに言葉を続ける。

「どうですか？　わけもわからずに自分の権利を奪われる気持ちは。いきなり襲われる気持ちは」

「な、何を言っとるんだ」

「アンタがガロくんにしたことだよ」

ガマドを睨みつけながら倉野はそう言い放った。

「ひいっ……」

その眼光にガマドは情けない声を出しながら震える。

そんな様子を見ていたゾアドは嬉々として口を開いた。

「いいぞ！　早くそいつらを制圧して私を解放してくれ」

倉野がこの場を掌握《しょうあく》したとわかり、助かったと思ったのだろう。

しかし、倉野はゾアドにも不満を抱いていた。

「あなたもですよ、ゾアド会長。ガロくんを家族として呼びたいと言いながら権力争いの道具にしましたよね。やってることはガマドと変わりません」

「違うぞ！　私はただ、父親としてだな」

「父親として？　父親としてガロくんを捨てて、父親としてガロくんを利用するんですか？」

倉野にそう言い返され、ゾアドは黙ってしまう。

そのまま倉野はゾアドのそばにガマドを投げ捨てた。

「ぐえっ」

いきなり地面に落とされたガマドは声を上げてから、荒く呼吸をする。

「はぁ……はぁ、くそっ！　なんなんだ貴様は！　何者なんだ！」

そうガマドに問いかけられた倉野はゆっくりと歩み寄り答えた。

「ガロくんの護衛ですよ」

「ご、護衛だと！　わかった！　望むだけの金をやる！　だから私につけ！」

追い詰められたガマドは懇願《こんがん》するようにそう言う。

しかし倉野はそんな提案を受け入れるわけもなく、ため息をついた。

「はぁ。お断りします」

「な、なぜだぁ！　そのガキの味方をして何になる！　なんの得があるんだ」

「損得勘定だけがすべてのあなたたちにはわからないでしょうね」

倉野はそう言い返してからスキル「剛腕」を発動する。

「そおおおおおおおおりゃあああああ!!」

かけ声を上げながら、倉野は握りしめた拳を振り下ろした。

倉野の拳はガマドの鼻先をかすめ、大きな音を立てて石の床を砕く。

床は粉々になり、下階までの穴が開いた。

まるで雷でも落ちたかと錯覚するような一撃にガマドは泡を吹いて気を失う。

それを見ていたゾアドは言葉を失い、鯉《こい》のように口をパクパクとさせていた。

そのまま倉野は周囲の傭兵たちを睨みつける。するとは傭兵たちは武器を投げ出して扉から出ていった。

「ば、化物だぁ！」

「これじゃあいくらもらったって割りに合わねぇよ！」

傭兵たちの情けない背中がそんなセリフを吐いている。

その姿を見送ってから倉野は肩の力を抜いた。

そろそろか、と倉野は心の中で呟き口を開く。

「どうですか？　ゾアドさん。これが力で押さえつけるということです」

「ど、どうと言われても……」

ゾアドは倉野に怯えながらもそう言い返した。

ゾアドが仕切っていたグレイ商会を制圧したガマド派。

しかし、そのガマド派の勢力のほとんどを倉野が圧倒し、ガマドの身柄すらも倉野が手に入れている。

さらにグレイ商会の正当な後継者ガロも倉野側にいるのだ。

グレイ商会権力争いの勝利条件が力による制圧と後継者資格だとするのならば、倉野たちの勝ちということになる。

自分が敗れたと理解したゾアドは肩を落とし、倉野に問いかけた。

「押さえつけるということは、このままグレイ商会を乗っ取るということか。確かにガロという後継者を立てれば、従業員たちも従うだろう」

ゾアドがそう言うと倉野は呆れた顔をして首を横に振る。

「いりませんよ、そんなもの」

「な、なんだと？　ではなぜ、このようなことをしたんだ」

そう言いながらゾアドは目を見開いた。

驚きを隠せないゾアドに背を向けてダンとガロに歩み寄る倉野。

そのまま膝をついた倉野はガロに話しかける。

「もう一度聞くよ、ガロくん。君が望むならこのグレイ商会を手に入れることができる。それでも君は孤児院での生活に戻りたいと願うかい？」

倉野がそう問いかけるとガロは悩まず、即座に頷いた。

「うん。僕、帰りたい」

「わかったよ。ダンもそれでいいですか？」

見上げてダンに問いかける倉野。

すぐさまダンも頷き、答えた。

「ああ、それでいい。ゾアド会長には恩もある、義理もある。だけどガロの気持ちを無視すること

はできないさ」

　ダンの返事を聞いた倉野は改めてゾアドに近づき、膝をつく。

　目線を合わせてから口を開いた。

「ゾアド会長。あなたはガマドや僕にグレイ商会を奪われかけた。それも理不尽な武力や暴力で、です。今ならわかるんじゃないですか？　気持ちを無視され、権力争いに利用されたガロくんの気持ちが」

「……ああ」

「これから三つのことを約束してくれるのであれば、このままグレイ商会はお返しします」

　倉野がそう伝えるとゾアドは目に生気を取り戻し、顔を上げる。

「約束？」

　ゾアドがそう聞き返すと倉野は頷き、口を開いた。

「そうです。まず、ガロくんを自由にすること。そしてガロくんのいる孤児院が問題なく運営できるだけの寄付をすること。最後に、この騒動についてダンを咎《とが》めないこと」

　倉野の言葉を聞いたダンが思わず口を挟む。

「おいおい、俺が咎められるのは仕方ないって。恩あるゾアド会長に逆らうようなことをしたんだから」

そうダンが言うと、黙って聞いていたゾアドが首を横に振った。

「いや、ダンは私が巻き込んだだけだ。その後もガロのことを思うが故の行動だろう。咎められることなど何もない」

ゾアドはそう言ってから深呼吸する。

それから目を閉じ少し考えてから口を開いた。

「このようなことを私が今言うべきではないのだが、人は簡単に変わらないのだ」

そうゾアドに言われた倉野は首を傾げる。

「それは僕の言った条件を受け入れてもらえないということですか？」

倉野の言葉を聞くとゾアドは口角を上げた。

どうやら自分の中で答えを出して冷静さを取り戻したようである。

先ほどまでのゾアドとは違い落ち着いた空気を纏《まと》っていた。

それからゾアドはしっかりと倉野の目を見て口を開く。

「そう結論を急がんでくれ。これは私の行動理念の話だ。私は常に上を目指してきた。そうすることでグレイ商会は発展し、それと同時にイルシュナという国は大きくなったのだ」

その言葉を聞いた倉野は、また言い逃れるつもりか、と身構える。

しかしゾアドの表情は苦し紛れの言い訳をしているというより、吐露《とろ》しているというように見えた。

　するとダンが付け足すように口を開く。

「確かにイルシュナが発展したのはグレイ商会のおかげと言える。それはすべてゾアド会長が独断によってグレイ商会を発展させたからだ」

　今回の事件だけを考えれば、ゾアドは身勝手な男に見える。

　だが、それはすべて自分がイルシュナという国を導いてきたという自負《じふ》があり、何があっても自分がグレイ商会の代表でなければならないと思っているからだ。

　さらにゾアドは言葉を続ける。

「私は何があっても常に進んできた。時には泥水をすすり、時には命を狙われ、時には血反吐《へど》を吐こうがな。立場を守るために我が子を捨て、愛する女すら手離した。だが、何があっても立ち止まることはできんのだ。たとえ娘が殺されようが、捨てた息子が命を狙われようが、弟が裏切っていようが私は進む。何を利用しても」

　そう言ったゾアドにはある種の信念のようなものを感じた。

　倉野はゾアドに改めて問いかける。

「ゾアド会長の生き方はわかりました。確かに、国を背負っているという重圧は僕には理解できませんし、そのために苦汁を舐めて……いや飲んできたのでしょう。だけど、ガロくんの幸せが犠牲《ぎせい》になることは見過ごせません」

「ふっ、他人のためになぜそこまでできるのか」

そうゾアドが疑問を口にすると倉野も口角を上げて答えた。

「ゾアド会長もイルシュナのために茨《いばら》の道を歩いてきたんじゃないですか？　何を大切にするかってだけですよ」

「そう言われればそうかもしれんな」

「それで、どうしますか？　グレイ商会のすべてをお返しするので僕の条件を飲んでもらえませんか」

改めて倉野はそう問いかける。

するとゾアドはすべてから解放されたように微笑んだ。

「言っただろう。私は変わらない。今までも何があっても進んできたのだ。すべての条件を受け入れさせてもらうよ」

そう言ったゾアドは清々しい表情をしている。

彼は自分の立場を守るためにガロを危険に晒した。だがそれはイルシュナという国を背負い導くためだったという。

それを仕方ないことだとは言わない。だが彼なりに信念があり、彼なりに守るべきものを考えての行動だったのだろう、と倉野は感じた。

ゾアドの答えを聞いた倉野は振り返り、背後のダンとガロに話しかける。

「これでやっと終わりましたよ」

声をかけられたダンは微笑んだ。

「ああ、終わったな相棒」

「これで良かったんでしょうか？」

倉野がそう問いかけるとダンはガロを抱き上げる。

「ほら見ろ。ガロはこうして生きているんだ。良かったんだよ。クラノがいなかったらガロは奪われてたんだからな」

抱き上げられたガロは嬉しそうにダンに抱きついた。

何はともあれ、ガロは生きている。そしてグレイ商会の実権はゾアドに返った。

しかしグレイ商会本部の中で倒れている傭兵たちの数を考えれば、円満な大団円とは言えないだろう。

ガマドの処遇やグレイ商会の後継者問題など解決していないことも多い。

だが、ともかく、これだけの騒動にあって死者は一人も出ていない。

今まで張り詰めていた糸が切れたように全身から力が抜ける倉野。

「約束は守ってくださいね。もし破ったら世界中どこからでも飛んできますよ」

「私はこれでも商人だからな。利益になるならば約束でも誓いでも破る。だが、この約束を破ると不利益が多そうだ」

倉野の言葉にゾアドはそう答えた。

それから倉野は深呼吸をしてから言葉を続ける。

「じゃあ、帰りましょうか」

倉野がそう言うと、ダンに抱かれていたガロが自分から地面に降りた。

「どうしたガロ？」

そうダンが問いかけるとガロはダンを見上げて口を開く。

「ダン兄ちゃん、ナイフか何か持ってる？」

「ん？　ああ、持ってるぜ」

「貸してほしい」

ガロにそう言われたダンは腰に差していたナイフを抜いてガロに渡した。

受け取ったガロはナイフを構えてゾアドに近づく。

「ガロ、何するんだ」

ダンがそう呼びかけたが、ガロはそのまま進みナイフを振り下ろした。

いきなり何をするんだとその場にいた全員が驚き、硬直《こうちょく》する。

しかしナイフはゾアドの体を縛っているロープを切り裂いた。

「心配しなくても僕は幸せに生きてるよ。だからお父さんも幸せに生きて」

ガロはそれだけ伝えて振り返る。

そのまま部屋を出た倉野たち。その背後から小さく聞こえた泣き声は気のせいではないだろう。


それから倉野たちはスロノスの街を出て、フォンガ車に乗り込んだ。

向かうのはバンティラスである。

短い時間でいろいろな経験をし、気持ちが疲弊してしまったのか、ガロはダンの膝の上で眠ってしまう。

ガロが眠ったことを確認したダンが口を開いた。

「すまないな、クラノ。巻き込んじまってよ。そもそも俺がゾアド会長の依頼を引き受けなきゃ、クラノを巻き込むことはなかった」

「何言ってるんですか。ダンがいなきゃ、ガロくんが誘拐されて終わりになってましたよ。あの感じだとガマドはガロくんを奪った後でゾアド会長を襲ってたでしょうしね。結局、ガマドに全部奪われておしまいでしたよ。ダンが巻き込んでくれたおかげでガロくんを助けられましたから」

「そう言ってくれるとありがたい」

ダンはそう言って微笑む。

そんなダンに倉野はニヤつきながら語りかけた。

「ところで、あのアンナって子とはどうなんですか？　付き合ってるんですか？」

「な、何言ってんだよ！　今は関係ないだろうが！」

「いやぁ、どうしても気になってしまって。ほら相棒じゃないですか。教えてくださいよ」

そんな話をしながら倉野たちはフォンガ車に揺られる。


しばらくフォンガ車で進み、バンティラスに到着した倉野たちはそのままアンナのいる食堂へと向かった。

フォンガ車を食堂の近くに待機させ、食堂に入るとすぐに走ってくるアンナ。

「ダン！　無事だったのね！」

そう言ってアンナはダンに飛びつき、そのまま抱きしめた。

驚きながらも抱きしめ返すダン。

「おお、心配かけちまったな。俺もガロもクラノも無事だよ」

「良かった……何回土下座したの？」

「してねぇよ」

そう言いながも嬉しそうに抱き合う二人。

そんな様子を見ながらガロが倉野に小さな声で語りかける。

「ああ言いながらアンナ姉ちゃんはめちゃくちゃ心配だったんだよ」

「だろうね」

微笑みながら倉野は答えた。

それからダンは今回の経緯をアンナに説明する。

話を聞いたアンナはため息をついた。

「はぁ……めちゃくちゃ危険だったんじゃない！　下手したら死んでたわよ？」

そう言われたダンは苦笑しながら答える。

「まぁまぁ、結果良ければすべて良しさ」

「良しじゃないわよ。それにガロがあのゾアド・グレイの息子だったなんて……」

「ガロはガロさ」

ダンはそう言ってガロの頭を撫でた。撫でられたガロは嬉しそうに微笑む。

アンナは呆れたようにため息をつくと倉野に話しかける。

「何にせよ、またクラノさんに助けられたんですね。本当にありがとうございます」

そう言って頭を下げるアンナ。

すると倉野は照れながら答えた。

「いえいえ、したいようにしただけですから。それよりも提案なんですけど」

言いながら倉野は口角を上げる。

ダンもアンナもガロも頭の上に疑問符を浮かべていた。


その後、倉野はバンティラスを出発する。

目指すのはバンティラスから南に向かった場所にある飛行場だ。

なぜ飛行場に向かっているのか、それを説明するには時間を遡《さかのぼ》らなければならない。


バンティラスの食堂でアンナに事件のあらすじを説明した倉野は、とあることを提案した。

「ダンとアンナさんでガロくんを引き取ってはどうですか？」

そう言われたアンナは思わず甲高い声を漏らす。

「ええっ？」

「何言ってるんだよ、クラノ」

鼻息を荒くしながらダンが聞き返した。

倉野は口角を上げたまま答える。

「もちろんゾアド会長は約束を守ってくれると思ってるんですが、ガマド派の残党や他の勢力がガロくんを狙ってこないとも限らないじゃないですか。だから、ガロくんに新しい戸籍を作ればいいのではないかと思いまして」

倉野がそう伝えるとダンは黙ってしまった。

確かに現在ガロを狙っている勢力を排除したが、これから先となるとわからない。

しかし、ガロが正式に他の家に引き取られ、グレイ商会の後継者候補から外れたとなれば襲ってくる者はいないだろう。

少し考えてからダンは口を開いた。

「確かにガロを守るためには誰かが引き取るのがいいと思う。だけど何でアンナと？」

そう聞かれた倉野がニヤけながら答える。

「だって、恋人同士なんでしょう？」

「ばっ、だ、だから、ちげぇって」

「教えてくれないからてっきりそうなのかと」

倉野はそう茶化すように話した。

慌てながら赤面するダン。

さらに倉野は言葉を付け足す。

「それにダンはガロくんと約束したじゃないですか。そばにいるって」

「そりゃそうだけどよ。だったら俺一人で引き取るぜ。な？」

「だってダンは弱いじゃないですか。それに仕事もある。だったらパートナーがいたほうがいいでしょう」

倉野にそう言われたダンは返す言葉を必死に探した。

何とか言い返そうとしていると横にいたアンナが口を開く。

「もじもじしないの。男でしょ」

「そうだけどよ」

ダンがそう返答するとアンナは彼の胸元を摑んだ。

「約束したんでしょ、ガロと」

「あ、ああ」

「だったらいいじゃない」

「アンナはいいのかよ」

「嫌だったら、こんなこと言わないでしょ」

そう言ってアンナは腕を組む。だが、その耳は燃えるように真っ赤だ。

彼女なりに精一杯気持ちを伝えているのだろう。

そこまで言われたダンは覚悟を決めたように頷き、口を開いた。

「……わかった。俺と一緒にガロを引き取ってくれ」

ダンの言葉を聞いた倉野はため息をついて、肩を組むようにダンの頭を引き寄せる。

「そりゃないでしょう、ダン。ちゃんと告白しましょうよ」

「あ、そ、そうか」

突然のことで慌てているダン。

赤面しながらアンナの目を見つめ、改めて口を開いた。

「テンパっちまって、変な言い方してしまった。アンナ、俺はお前が好きだ。妹のことがあったから伝えられずにここまで来てしまったが、ずっと好きだった。頼りないかもしれないが、アンナと一緒にならガロを守っていけると思うんだ。俺と一緒になってほしい」

真剣な眼差しでダンがそう伝えると、顔中真っ赤になったアンナはゆっくり頷く。

「し、仕方ないわね。私がダンもガロも守ってあげるわよ」

アンナの返事を聞いてから倉野は小さな声でガロに問いかけた。

「どうだい？　この二人と家族になってくれるかい？」

「そうなったら嬉しい」

ガロはそう答えて微笑む。

しばし、二人の世界に入り込んでいたダンとアンナだったが少ししてから冷静になり、倉野とガロの視線に気づいた。

照れ臭そうにダンは口を開く。

「ってことだから、よろしくな、ガロ」

「うん！」

今までにないくらいの笑顔でガロは頷いた。


ガロの今後の安全とダンの恋心の結末を確認した倉野は出発することを伝える。

するとダンがまだバンティラスにいてもいいのではないかと引き留めた。

しかし、倉野はこう答える。

「流石に暴れすぎました。僕の顔を見てる人も多いでしょうし、厄介ごとに巻き込まれる前にイルシュナを出ます」

倉野の言葉を聞いたダンは仕方ないかという顔をして話す。

「どこに行こうがクラノは厄介ごとに巻き込まれそうな気もするが……確かに恨みを持った者も力を利用しようとする者も現れるだろうな。しかし、行くあてはあるのか？」

「うーん。行くあてはないですけど……そうだな、できれば平和な国に行きたいですね。ずっとトラブル続きでしたから」

倉野がそう答えるとアンナが何かを思い出したように店の奥に行った。

「どうしたアンナ」

「少し待ってて」

ダンの声にそう返事をしたアンナはしばらくすると紙切れを一枚持って出てくる。

それを彼女は倉野に手渡した。

「これ、使ってください」

「これは？」

そう倉野が聞き返すとアンナは微笑んで答える。

「飛行船のチケットです」

アンナの言葉を聞いて倉野が首を傾げているとダンが捕足するように口を開いた。

「こりゃ、ジュアム行きのチケットじゃないか。どうしたんだこれ」

ダンの言葉にアンナは頷いてから答える。

「いつだったかお父さんがもらってきたのよ。元々うちのお父さんは飛行船の料理人をしてたの。昔の仲間からもらったんだけど、私たちはお店があるから使う暇がなくてずっと残ったままだったのよ」

アンナの説明を聞いた倉野はチケットを眺めてから問いかけた。

「これをもらってもいいんですか？」

「ええ、もらってください。ダンとガロの恩人ですから」

そう言ってアンナは微笑む。

それから倉野は鞄から地図を取り出し、ジュアムという場所を確認した。

地図上ではエスエ帝国の下に小さな島が描かれており、そこがジュアムだとダンは説明する。

「南の島ってことですか？」

倉野が疑問を口にするとダンが頷き、口を開いた。

「ああ、ジュアムはエスエ帝国領の南にある島だ。環境的に魔物もおらず、エスエ帝国がしっかり管理しているために治安もいい。世界的にも有名な観光地だ」

説明を聞いた倉野はハワイやグアムを想像する。

なるほど、ゆっくりとするにはいい場所かもしれない、と心の中で呟いた倉野は行き先を決定した。

「ありがとうございます。このチケットありがたく使わせてもらいます」

倉野はそう言って、地図とチケットを鞄にしまう。

それから倉野はダンに握手を求めた。

「じゃあ、僕は行きます。またどこかで会いましょう」

ダンは倉野の手を握り、微笑む。

「ああ、ありがとうな相棒。元気でな」

「ダンこそ、元気で。アンナさん、ガロくん、ダンをよろしくお願いします」

そう言われたアンナとガロは頷いた。

その後、三人に見守られながら倉野はバンティラスを出発したのである。

2

そして現在、倉野はバンティラスから南に進んだところにある飛行場を目指して歩いていた。

「しかし、南の島かぁ。魔物もいなくて治安もいいって話だから、今度こそ厄介ごとに巻き込まれずゆっくりできそうだね」

歩きながら倉野が話すと、鞄から顔を出しているツクネが返事をするように鳴く。

「クー」

「たまには息抜きしないとね。こっちの世界に来てからずっと戦ってる気がするよ。南の島でバカンスなんて最高じゃないか」

そんな話をしながら飛行場を目指して歩く倉野。

周囲から見れば大きな声で独り言を呟く不審者だろう。

昼過ぎにバンティラスを出てから歩き続け数時間。だんだんと日が暮れてきた。

「地図で見るとそろそろ飛行場が見えてもおかしくないんだけどな」

そう呟きながら倉野が周囲を見渡すと前方に光が見える。

明らかに人工的な光だ。

「あそこか」

地図と照らし合わせ、その光が目的地の飛行場だと確信した倉野は歩を進める。

ある程度近づくと飛行場の全貌《ぜんぼう》が見えてきた。

整地された場所を壁でぐるりと囲んであり、その中心に大きな飛行船が見える。高層ビルを横に倒したほどの大きさの飛行船。だが、その大きさのほとんどは機体を浮かせるための気嚢《きのう》であり、そこに空気よりも比重の小さい気体を詰め、機体を浮揚《ふよう》させる。

大きな風船のようなものだ。

その気嚢に小屋のようなものが設置されており、そこに人が乗るような仕組みになっている。

飛行船を眺めながら倉野は近づき、飛行場の受付のような建物にたどり着いた。

その建物は飛行場の入り口にあり、乗船客らしき人が数人集まっている。

倉野もその中に入り、周囲を見渡す。

すると建物の奥に受付カウンターのようなものがあり、飛行場の従業員らしき女性が立っていた。

受付をするために倉野が近づくと、女性は笑顔で頭を下げる。

「パンタシア航空へようこそ！　飛行船の搭乗手続きでしょうか？」

そう問いかけられた倉野は鞄からチケットを取り出した。

「はい。これを使いたいのですが」

「ありがとうございます。ジュアム行きの搭乗チケットですね。ただ、本日のジュアム行きはもうありませんので、出発は明日の朝になります」

もう日も暮れているし仕方ないか、と心の中で呟いた倉野は頷いて答える。

「わかりました。明日の朝の飛行船に乗りたいのですが、こちらに宿泊施設のようなものはありますか？」

「はい、ございますよ。ここの二階が宿舎になっていますのでご利用ください」

従業員にそう言われた倉野はお礼を言ってから階段を上った。

階段を上がると宿舎の受付がある。そこで銀貨三枚を支払った倉野は部屋の鍵をもらい、夜を過ごす部屋へと向かった。

寝泊まりするだけの簡素な部屋に着いた倉野はすぐにベッドに入る。

バンティラスから何時間も歩き、疲れてしまったようだ。

鞄から出てきたツクネはうとうとしている倉野の周りを歩き回る。

倉野が眠りそうなことを確認すると自分で鞄から干し肉を取り出し、食べ始めた。

食事を終えたツクネはあくびをして倉野の顔の横で丸まり、目を瞑《つむ》る。

窓から差し込んだ朝日の眩しさで倉野は目を覚ました。

これからバカンスに向かうということもあり、ゆったりとした気持ちのいい朝である。

身支度を整えた倉野は一階の受付へと降りた。

昨夜とは違う女性が受付をしており、宿舎から降りてきた倉野に挨拶する。

「おはようございます。搭乗手続きでしょうか？」

「はい。ジュアム行きの飛行船に乗りたいのですが、もう乗れますか？」

倉野がそう問いかけると受付の女性は微笑んで外を指差した。

「あちらの飛行船がジュアム行きです。搭乗チケットはお持ちですか？」

「あ、これです」

そう言いながら倉野はアンナからもらったチケットを手渡す。

「かしこまりました。それでは手続きいたしますね」

受付嬢はそう言ってチケットを受け取り確認した。

その後、受付カウンターの下から見覚えのある水晶を取り出す。冒険者ギルドで登録や確認を行う水晶だ。

仕組みがどうなっているかはわからないが、この水晶は全世界につながっており、個人のデータが共有されている。

これがパスポート代わりということらしい。

「それではこの水晶に触れてください」

そう言われた倉野は水晶に触れた。

水晶は一瞬発光して倉野のデータを映し出す。それを確認した受付嬢は、頷いてから倉野にチケットを返却した。

「手続きは完了です。飛行船に乗ってお待ちください」

「ありがとうございます」

「快適な空の旅をお楽しみください」

受付嬢に見送られ、倉野は飛行船に向かう。


飛行船に近づくとその大きさに改めて驚く倉野。

倉野は飛行船を見上げながら船内に向かう。

搭乗口に立っていた従業員にチケットを手渡し船内に入ると、思っていたよりも狭いことがわかる。

大きな飛行船のほとんどが気体を溜める気嚢であり、人が乗れる場所は大きめの小屋程度。それも頑丈な造りにしてあるため、壁が分厚くその分船内が狭くなっている。

船内にはいくつかの席が設置してあり、飛行機というよりは列車の客席のようだった。

ジュアム行きの飛行船には倉野が一番乗りだったようで、他に誰も乗客はいない。

「一番乗りか。とにかくゆっくりするか」

倉野はそう呟きながら席に座った。

窓から外の様子を眺めて待っていると、他の乗客が次々に乗ってくる。

他にすることのない倉野は乗客をこっそりと横目で観察していた。

倉野の次に乗ってきたのは小さな男の子とその父親と思われる男性である。大きな荷物を持っており、楽しげに会話をしながら乗ってきた。

「パパ、ジュアムには何があるの？」

「んーそうだな。きれいな海と美味しいご飯があるぞ。それにパパはお休みだから一緒に遊べるんだ」

「わーい！　いっぱい遊ぼうね」

そう話しながら席に座る親子。

その次に乗ってきたのは獣人である。倉野が見る限り、犬の獣人のようだ。

その後、大きな荷物を抱えた恰幅《かっぷく》のいい男性と、傭兵の装備みたいなものを背負っている女性が順に乗ってきた。

それから少し時間を空けて、明らかに豪華な服装をした貴族風の男性が船内に入ってくる。

「グズグズするな！　さっさと運ばんか！」

貴族風の男性は船内に入ってきた途端にそう叫んだ。

するとその男性の次に大きな荷物を抱えた従者らしき男性が慌ててついてくる。

「すみません」

「いいから早く来いグズが！」

貴族風の男性はそう吐き捨てると客席に座り偉そうに踏ん反り返った。

上下関係があるのは仕方ないのだろうが、それは見ていて気持ちのいいものではない。

その後、騎士風の男性が乗船してきたのを最後に飛行船の乗組員が入り口の扉を閉じた。

どうやら乗客は全員で九人らしい。

全員が席に座ると乗組員が三人乗り込んできた。

その中で一番年長の男性が乗客に向かって話し始める。

「パンタシア航空ジュアム行きをご利用いただきありがとうございます。私は操縦士のマーフィーです。この飛行船は魔力により制御されておりますので、自動で安全にジュアムへと向かいます。到着予定は明朝。明日の朝までの快適な空の旅をお楽しみください。また何かご用がありましたら乗組員にお声がけください」

マーフィーはそう言って他の乗組員を連れて奥の扉を開き、入った。

どうやら奥に操縦室があるようだ。

マーフィーたちが操縦室に入ってしばらくすると、船体が大きく揺れ、飛行船が浮き始める。

「うわっ」

思わず声を上げてしまう倉野。

慣れない浮遊感に驚き、必死で椅子にしがみつく。

次第に感覚に慣れ、揺れも収まった。どうやら必要な高度まで上昇し船体が安定したらしい。

倉野が窓から下を見下ろすと、先ほどまでいた飛行場が小さく見える。

想像していた以上の高さに感動しながら景色を見ていると操縦室から乗組員が一人戻ってきた。

「それでは改めて、お席の確認をさせていただきます」

乗組員はそう言って、操縦室に近い席から順に確認を始める。

安全のためにどの席にどの乗客が座っているのかを確認するらしい。

その様子をなんとなく眺める倉野。

全員の名前が聞こえてきた。

最初に乗り込んできた親子は父親がロマネ、子どもがスルト。

犬獣人はハウンドという名前らしい。

恰幅のいい男はペースト、女傭兵はノエルと順に名乗り、続いて貴族風の男に乗組員が話しかけると男はめんどくさそうに従者に対応を任せた。

貴族風の男がアルフォロッソ、従者がルーズだとルーズが説明する。

その後倉野が確認され、最後に騎士風の男がレインと名乗ると乗組員は書類と照らし合わせた。

「はい、ありがとうございます。確認できました。それではまたゆっくり空の旅をお楽しみください」

そう言ってから再び乗組員は操縦室に戻っていく。

その後、乗客たちは各々に飛行船の中の時間を楽しんでいた。

自分が風船にでもなったかのように浮かび上がる不思議な感覚だった。

ツクネも倉野と同じように、自分が浮かび上がっていることを理解し、何かひらめいた子どものような表情を浮かべている。

ことが起きたのは昼を過ぎた頃である。

最初に異変に気づいたのは父親ロマネと一緒に乗っている子どものスルトだった。

「パパ、何か聞こえない？」

そうスルトが言い始めたのである。

しかし、ロマネは首を傾げ、何も聞こえないと答えた。

スルトは不思議そうな顔で耳に触れてみるが、その異音はどんどん大きくなっているようで、ついには耳を塞いでしまう。

その頃には犬獣人ハウンド、騎士風レインも異音に気づいたようで窓の外を見ていた。

すぐ後に倉野もその異音に気がつく。キーンというような高音で、モスキート音と言われる音によく似ていた。

なんの音だろうか、と倉野が耳を押さえながら窓の外を眺める。

すると、普段大人しく鞄から出てきたりしないツクネが顔を出し、何か言いたそうに倉野に呼びかけた。

「クー！」

「どうした、ツクネ。耳が痛いのか？」

「クク！」

ツクネは何かを必死に伝えようとしている。

その真剣な眼差しを見て何かを感じた倉野は慌ててスキル「説明」を発動した。

対象は今聞こえている異音の正体である。

【異音の正体】

ワイバーンが仲間を呼ぶ特殊な鳴き声。遠くまで響く高音で群れを呼び寄せる。


「やばい！」

咄嗟《とっさ》に倉野はそう声に出してしまっていた。

倉野の声に反応したレインが問いかける。

「どうしたんだい？」

「この音、ワイバーンの鳴き声です！」

倉野がそう答えた瞬間、船体が大きく揺れた。

乗客全員が座っている席から投げ出されそうになる。

何とかしがみつき、揺れに耐えるので精一杯になる乗客たち。

その中で倉野、レイン、ハウンド、女傭兵のノエルは必死に窓の外を眺めていた。

しかし、ワイバーンの姿は見当たらない。

ようやく揺れが収まってきたかと思った瞬間、バキバキと何かが壊れる音がして、もう一度船体が揺れた。

音は前方の操縦室からしていたようで、レインがすぐに操縦室へ向かう。
「大丈夫かっ」
そう言いながら操縦室への扉を開くレイン。
そのまま落下しそうになる。
「うわっ！」
あるはずの足場がない。いや、ないというべきは操縦室そのものである。
扉から向こう側がすべて破壊されなくなっていた。
もちろん操縦士のマーフィーも乗組員たちもいない。
そしてそこから空を飛ぶ一匹の翼竜のようなものが見えた。
これがワイバーンだろう。
「何だこれはぁっ！」
貴族風のアルフォロッソがそう叫ぶ。
その声に反応したのかワイバーンは飛行船に近づき、威嚇《いかく》するように咆哮《ほうこう》した。
大音量に空気が揺れ、腹の底に響いてくる。
思わず全員耳を塞いだ。
その衝撃に恐怖したのだろう、スルトが泣き出してしまう。

「うわあああん、怖いよっ」

するとアルフォロッソが近くにあったグラスをスルトのほうに投げつけた。

グラスはスルトに当たらず、床に落ちて割れる。

思わずロマネはスルトを抱きしめ、それを見ていたレインがアルフォロッソを咎めた。

「何をしてるんだ！　子ども相手に」

「これ以上、声を上げてワイバーンを刺激したらどうするんだ！」

先ほど自分が大声を上げてワイバーンを刺激しておきながらアルフォロッソはそう言い放つ。

空高く、飛行船の中でワイバーンに襲われるという絶望的な状況に全員が息をのんだ。

「しかし妙だな。飛行船の航空路に魔物は入ってこれないはずだ」

ハウンドはそう言って身構える。

それを聞いたノエルが頷いた。

「そうね。飛行船の航空路は魔物が入れないように結界魔法が張られているはずよ。ワイバーンが入ってきたということは結界魔法が破られてるってことね」

「そんなことより、今どうするべきかを考えないとな」

そう言いながらレインは自分の荷物から剣を取り出し構える。

倉野は改めて今の状況を確認した。

ここは空を飛んでいる飛行船の中。操縦室はワイバーンによって破壊されている。操縦室を失った飛行船はおそらくこのまま飛び続けることはできないだろう。

目視できる限りワイバーンは一匹。だが、先ほど仲間を呼ぶ特殊な鳴き声を上げていた。

これから数が増えると考えたほうがいい。

ここで解決すべき問題は二つ。

ワイバーンの存在と飛行船の墜落だ。

だが、とにかくワイバーンを撃退しなければ飛行船の墜落どころか全員がワイバーンにやられてしまうだろう。

しかし相手は自由に空を駆けるのだ。文字通り手が届かない。

倉野がどうすべきか考えていると、レインが一足先に行動に出た。

空中につながる扉に近づき、剣の鋒《きっさき》をワイバーンに向ける。

「切り裂け！　ウィンドカッター！」

レインがそう唱えると剣の先から空気の塊のようなものが放たれ、ワイバーンへと向かった。

しかし、ワイバーンは大きく飛翔してそれをかわす。

「やはり速いか」

悔しそうにレインはそうこぼした。

それを見ていたノエルが扉に近づき右手を構え、口を開く。

「雷鳴よ轟《とどろ》け！　ライトニングボルト！」

構えられた彼女の右手から青い電流が放たれた。

しかしワイバーンは空中を舞うようにかわす。

やはりこの空中という舞台では圧倒的に不利なようだ。

ワイバーンは自由に動くことができるのに対し、こちらは飛行船以外に足場はない。

言い換えればこちらの攻撃はかわされるが、ワイバーンが本気で狙ってくるとこちらはかわすことができないということだ。

全員が焦りと恐怖を感じながら、必死に活路を探している中、アルフォロッソは自分勝手に思いを吐き出す。

「何とかしろ！　早く！　何をしてるんだ無能どもが！」

そんなアルフォロッソにレインが意見する。

「刺激しちゃまずいんじゃなかったのかい」

「やかましい！　貴様らが魔法を放ったせいでワイバーンは臨戦態勢じゃないか」

アルフォロッソはそう言ってワイバーンを指差した。

確かに先ほどよりもワイバーンが猛《たけ》っているようにも見える。

しかし、攻撃をしていなくても時間の問題だっただろう。

明らかにワイバーンから敵視されていた。

レインはワイバーンから視線を外さずにアルフォロッソに言い返す。

「心配しなくても最初から臨戦態勢さ、あいつは。愛しい恋人でも飛行船に乗ってるんじゃないのかな。えらく情熱的だよ」

「ふざけたことを言ってないでさっさとどうにかしろ！」

アルフォロッソはそう言って額から冷や汗を流した。

だが、状況は絶望的である。

もちろん剣は届かず、遠距離攻撃の魔法はかわされてしまう。

魔法で攻撃を続ければ、ワイバーンが近づいてくるのを防げるだろうが、時間をかけていれば仲間が来てしまうかもしれない。

倉野は自分に何かできることはないか、と強く拳を握った。

しかし、空の上ではスキル「神速」もスキル「剛腕」も意味を成さない。

スキル「隠密」で飛行船を包めばワイバーンの目を欺《あざむ》けるだろうが、スキル「隠密」の範囲は飛行船を包めるほど大きくなかった。

今からスキル「隠密」を広げる努力をしても間に合わないだろう。

自分の力不足に追い詰められる倉野。

その間にもレインとノエルは何度か魔法を放ち、そのすべてがかわされていた。

何もできないのか、と倉野が心の中で呟くと、ツクネが再び顔を出す。

「クー」

「ツクネ？」

「クー！」

「どうしたんだ」

ツクネは強い眼差しで倉野を見つめた。

その小さな瞳から倉野は強い意志を感じる。

「まかせろっていうのか？」

「クー！」

ツクネはそう鳴いてから鞄を飛び出した。

「どうするんだ、ツクネ」

「ククッ」

鞄から飛び出したツクネは身体中に力を込める。

するとツクネの足元から風が立ち昇っていった。

体毛を逆立てたツクネは重力に逆らい宙に浮き始める。

見たところ風を纏い、浮かぶ魔法のようだ。

「風の魔法？」

倉野がそう呟くとツクネはそのまま浮かび倉野の肩に着地した。

するとツクネが纏っていた風が倉野を包み、その体を浮かばせる。

「う、浮かんだ！」

驚きを言葉にする倉野。

その様子を見ていたレインが問いかける。

「君は、確かクラノだったな。そのまま飛べるのか？」

「みたいですね」

自分に起きていることを倉野も理解できていない。

だが、ツクネを信じて動くしかなかった。

他の乗客たちが見守る中、倉野は焦点をワイバーンに合わせる。

倉野の視線を理解したレインが倉野に話しかけた。

「そのままワイバーンに攻撃を仕掛ける気か？」

「そうするしかないでしょう」

そう倉野が答えるとレインは自分が持っていた剣を倉野に手渡す。

「これを持っていけ。剣は騎士の命だ。文字通り命を預けよう」

「いいんですか？」

「ああ、あとは祈るしかないがな。願わくばその剣を返しに来てくれ」

レインは無事に帰ってきてくれという気持ちをそう表現した。

剣を受け取った倉野は再びワイバーンを見据《す》える。

そんな倉野の背中にアルフォロッソが言葉を投げかけた。

「さっさと仕留めてこい！」

どこまでも上から目線なんだなぁ、と感じる倉野。

しかし他の乗客は期待の視線を送っていた。

「頼むぞ」

「何かあれば魔法でサポートします」

「生きて帰ってきてください」

そんな言葉を背中で受けながら倉野はツクネに話しかける。

「いくよ、ツクネ」

「ククー！」

ツクネは風の魔法をコントロールし、倉野の体をワイバーンへと向かわせた。

猛スピードでワイバーンに突っ込んでいく倉野。

しかし、その動きを制御しているのはツクネだ。

ツクネを信頼して倉野は剣を構える。

すると背後からレインが叫んできた。

「来るぞ！」

倉野が突っ込んできているのを確認したワイバーンが臨戦態勢を取り、口を開いている。

鋭利な牙を倉野に向けているのだった。

それに気づいたツクネは倉野の体を左右に振る。

しかしワイバーンはその動きに対応して顔を倉野に向けた。

冷静に観察していた倉野はツクネに話しかける。

「大丈夫だツクネ。真っ直ぐ飛び込んでくれ」

倉野の言葉を聞いたツクネは軽く頷き、ワイバーンを睨みつけた。

ワイバーン目前まで飛んできた倉野。

そんな倉野に牙を向け、嚙みつこうとするワイバーン。

「だめだ、食われるぞ！」

飛行船で見ていたハウンドが叫んだ。

倉野がワイバーンに噛みつかれる。誰もがそう思った次の瞬間、倉野の姿が消えた。

「消えた？」

ノエルがそう呟く。

すると、レインが指差して叫んだ。

「あそこにいるぜ！」

全員がその指の先に視線を送るとワイバーンの背後に倉野が見える。

ワイバーンの翼で全身は見えないが、かろうじて倉野の姿が確認できた。

「どうやって背後に？」

ハウンドが疑問を口にした。

「ワイバーンをかわしたんでしょうか？」

そうノエルが話した瞬間、ワイバーンが動きを止める。

一瞬動きを止めたワイバーンは突然血を吐き、ゆっくりと落下を始めた。

「何が起きたんだ」

驚きを隠せないというような表情でハウンドが呟く。

「よく見るんだ」

そう言ってレインがワイバーンを指差した。ワイバーンの体には斜めに切られたような切創《きりきず》が見える。

「見えないほどのスピードでワイバーンを斬った、ということか……」

状況を理解しハウンドがそう呟いた。

そのままワイバーンはどんどん落下し、ついには見えなくなる。

倉野はワイバーンの行方を見送ってから、飛行船のほうを振り返った。

ワイバーンが倒された驚きで一瞬言葉を失う乗客たちだったが、深呼吸してからレインが口を開く。

「まさか本当に撃退するとはな」

「ああ、驚いたよ」

頷きながらハウンドが答えた。

倉野以外の者には何が起きたか正確にはわからないのだから無理もない。

ワイバーンの牙が倉野に襲いかかる前に倉野はスキル「神速」を発動していた。

スキル「神速」を発動すると倉野にはすべてのものが停止して見える。

停止した時間の中で倉野はワイバーンに一撃を入れたのだった。

それゆえに他の者は何が起きたのかわかっていない。

ただ、倉野がワイバーンを撃退したとだけ認識している。

「よくやったな」

アルフォロッソがそう叫んだ。

その表情は先ほどまでの怯えたものではなく、どうだと言わんばかりの顔である。

他の乗客たちからの称賛を受けながら倉野は飛行船へと戻った。

「ありがとうな、ツクネ」

「クー！」

倉野は話しかけるとツクネは嬉しそうに倉野の顔に頬擦りをする。

飛行船に戻るとすぐにレインが倉野に話しかけた。

「すごいな君は。君がいなければ間違いなく全員ワイバーンの昼ご飯だった」

「そうよ。みんなの恩人だわ」

レインの言葉に続きノエルもそう言う。

倉野は少し気恥ずかしくなりながらも借りていた剣を返却した。

「剣のおかげですよ。これ、お返しします」

「ふっ、武功を誇るどころか謙遜《けんそん》するとはな。改めて自己紹介させてもらおう。俺はレイン・ネヴァーだ。オランディ国軍の騎士をしている」

そう言いながらレインは剣を受け取る。

すぐに倉野も自己紹介をした。

「あ、僕はクラノです。一応、商人をしています」

「な、商人だって？」

驚愕をそのまま表情に浮かべるレイン。

すると、その後ろにいたアルフォロッソが割り込んできた。

「そんなことはどうでもいいだろ！　それよりもどうするんだ！　このままじゃ墜落するぞ！」

確かにアルフォロッソの言う通りである。

ワイバーンという目の前の脅威は落下していったが、操縦室を失った飛行船はゆっくりと墜落するだろうことはわかっていた。

実際飛行船はゆっくりと前傾し、進行方向を地上に向けている。

アルフォロッソの言葉にレインが答えた。

「話したところでどうなるわけでもないだろう。それよりも冷静になるべきじゃないか？　まだ地上と運命の出会いをするまで時間はある」

レインの言葉を聞いていたハウンドが口を開く。

「レイン殿の言う通りだ。ここで慌てても何にもならない。ここはお互いに何ができるか考えるべきではないか？」

　その言葉にアルフォロッソが言い返した。

「獣風情が意見するな。人間のなり損ないが！」

　ハウンドは奥歯を噛み締め眉間にシワを寄せる。

　やはり獣人は差別の対象なのだろう。

　倉野はそんなアルフォロッソの前に立ち口を開いた。

「まぁまぁ、そんな言い方ないでしょう。それにこのままでは全員墜落しちゃうんですから協力しましょうよ」

「ちっ……さっさと何とかせんか」

　先ほどワイバーンを撃退した倉野には強く出られないのだろうか。アルフォロッソは仕方なく黙った。

　ハウンドはそんな倉野に礼を言う。

「すまないな、クラノ殿、感謝する。俺の名前はハウンド・ラッシャー、ビスタ国の軍人だ。どうせなら全員自己紹介しておきたいのだが」

　それに続き、他の乗客も自己紹介を始めた。

「そうね。私はノエル・マスタングです。フリーの傭兵よ」

「ほう、そうじゃないかと思っていたが傭兵か」

レインがそう話すとノエルは少しムッとする。

「何？　女が傭兵じゃいけないって言うの？」

「そうは言ってないさ。ただ、珍しいと思っただけだ」

続いて、ロマネが口を開いた。

「私はロマネです。こっちは私の息子のスルト。イルシュナでガラス職人をしています」

そう名乗ってからロマネは頭を下げる。

先ほど泣いていたスルトは落ち着きを取り戻していた。

その後、続いて恰幅のいい商人風のペーストも名乗る。

「私はペーストと申します。イルシュナの商人です」

様子を見ていたアルフォロッソが隣にいるルーズを蹴った。

蹴られたルーズは慌てて口を開く。

「は、はい！　えっと、こちらにおられますのがエスエ帝国の子爵アルフォロッソ・バレンタイン様でございます。そしてその従者ルーズと申します」

「ふん。わかったろう、貴様らとは命の重みが違うのだ。さっさとどうにかしろ！」

アルフォロッソはそう言って偉そうに踏ん反り返った。

そんなアルフォロッソにレインが話しかける。

「爵位で墜落する飛行船を操縦できるとは思えないが？」

「な、何ぃ？」

不満そうにアルフォロッソはそう言った。

このような状況では立場など関係ないはずだ。しかしアルフォロッソはあくまでも貴族である自分を特別だと主張する。

全員の自己紹介が終わったところで倉野は状況を確認した。

「とりあえず、このままじゃ飛行船は墜落しますよね」

「ああ、そうだろうな」

ハウンドは頷く。

落下していく飛行船の中で何ができるというのか。

レインが思いついたように口を開いた。

「先ほどクラノが飛んだように飛行船を浮かせることはできないか？」

「どうなんでしょう。あれは僕じゃなくてツクネの魔法なので」

倉野がそう言うとツクネが肩の上で首を横に振る。

どうやら飛行船ごと浮かせるのは無理らしい。

「無理みたいです」

そう倉野が答えるとレインは残念そうに頷いた。

「そうか、仕方ないな。だが、このままでは墜落してしまうぞ。今はゆっくり落下してるが、速度は増している。多分、気嚢に穴が開いているんだろうな。それに先ほどワイバーンが仲間を呼んでいたのだとすれば、群れが集まってくるかもしれない」

レインは外を見ながらそう言う。

確かに先ほどよりも速度が増しているような気がした。

このままいけば全員が地上に叩きつけられてしまう。

仮に下が海だとしてもこの高さでは助からない。

「どうにかならないんですか？」

ロマネが守るようにスルトを抱きしめながらそう言った。

少し考えてからノエルが口を開いた。

「いっそのこと飛び降りてみるのはどうかしら」

「ば、馬鹿を言うな！　無理に決まってるだろうが」

慌ててアルフォロッソが否定する。

しかし、倉野はなるほどと頷き言葉を付け足した。

「いや、飛行船ごと飛ばすのは無理でも、九人だけなら風魔法で浮かせられるかもしれない。できるかい、ツクネ」

そう問いかけられたツクネは倉野の顔を見返す。その表情はどこか不安そうである。

魔法で九人を浮かせることは可能だろう、だがそのエネルギーは有限である。

ツクネの不安そうな表情は途中で魔法が途切れることを危惧《きぐ》してのことだろうと倉野は察した。

「そうか……なら、地上直前で浮かせれば墜落の衝撃を殺せるかい？」

倉野の問いかけにツクネは頷く。

だが、そのためには飛行船を捨てて陸か海かもわからない下に飛び降りなければならない。

それは誰が考えてもリスクの高い行動である。

だが、そうしなければ、より危険度が高い。ワイバーンの群れに襲われるか、飛行船ごと地上に叩きつけられておしまいだ。

「飛びましょう。全員で」

不安を噛み殺しながら倉野がそう提案する。

間髪入れずにレインが頷いた。

「俺は賛成だ。どのみちクラノがいなければ死んでいたんだ。クラノに賭けよう」

「そうね。私も賛成」

続いてノエルもそう話す。

そんな二人の様子を見ていたロマネとハウンド、ペーストも頷いた。

このまま死を待つよりも、先ほどワイバーンを倒した倉野を信じようということだろう。

だがしかし、アルフォロッソは不満そうな表情をしていた。

「その作戦が成功する保証はどこにある？　それよりどうだ、私だけならば地面すれすれじゃなくてもここから魔法で飛び、ゆっくり確実に着地させられるんじゃないのか？」

つまり自分一人だけを助けようとすれば確実に助かることができるのではないか、と言っている。

確かにその通りであった。九人を継続的に浮かせることは難しいが、人数を減らせばここからゆっくり下降できるだろう。

アルフォロッソの提案に倉野は顔をしかめた。

「それは他の人がどうなってもいいってことですか？」

倉野が問いかけるとアルフォロッソは口角を上げ、口を開く。

「いいか？　私は子爵だ。このような当たり前のことを言うのも馬鹿馬鹿しいが命は平等ではない。見返りならば好きなだけやる。確実に私を助けろ」

そう言われたことで倉野の意志は固まった。

「お断りします。もう飽き飽きしてるんですよ、立場とか権力とか。僕はしたいようにします。一緒に飛ぶなら最善を尽くしますが、他の選択肢はありません」

「何だとっ……貴様」

アルフォロッソは倉野を睨む。

しかし、そんな話を聞いている時間などない。

倉野は全員に向かって話し始めた。

「迷っていたらワイバーンの群れが来るかもしれません。覚悟を決めてください……飛びますよ」

自分自身も恐怖を噛み殺しながら倉野はそう言って、手を伸ばす。

すぐさまレインが倉野の手を握った。

「ああ、飛ぼう」

レインはそう言って反対の手をノエルに伸ばす。

「信じるしかないわね」

その手を握ったノエルはすぐにハウンドに手を伸ばし、さらにハウンドはロマネに手を伸ばした。

そこから数珠《じゅず》つなぎにスルト、ペースト、ルーズ、アルフォロッソと手をつなぐ。

「くそっ」

不満そうに手をつなぐアルフォロッソ。

全員が手をつないだと確認した倉野は再び扉から身を乗り出す。

先ほどよりも高度が低いからか地上の様子が見えた。

見えるのはほとんど海である。だがそこに小さな緑が浮かんでいた。

おそらく小さな島だろう。

倉野はその島を目的地に決めた。

「行きます」

そう言ってから倉野は体を空中に投げ出す。

引っ張られたレインも空中に飛び出し、そのまま手をつないだ全員が飛行船から飛び出した。

空中に飛び出すといきなり重力が全身を襲う。

足元に何もない状態ではそのまま落下していくだけだ。

空気の層を突き破っていくように全員は落下していく。

まさしく命綱のないバンジージャンプだ。

「うわあああああ」

声を我慢しきれずにアルフォロッソがそう叫ぶ。

他の者は奥歯を嚙み、声と不安、恐怖を我慢していた。

どんどんと目的の島が大きくなっていく。

「あの島に着陸するのか?」

落下しながらハウンドがそう問いかけた。

倉野は何とか振り返り答える。

「はい！　海よりも助かる可能性は高いと思います！」

「おいおい、話してたら舌嚙むぞ！　気を付けろ」

レインはそう注意してから身体中に力を入れた。

次第に高度は下がり、着陸の瞬間が近づく。

倉野は肩に摑まっているツクネに話しかけた。

「ツクネ、そろそろだ。いけるか？」

「クク！」

ツクネはそう答えてから魔力を身体中に巡らせる。

文字通りチャンスは一度きり。巻き戻しはできない。

着地のタイミングに合わせてツクネが魔法を発動し、全員を浮かせる。

そのうちに島の全貌《ぜんぼう》が見えてきた。

それほど大きくない自然豊かな島のようである。

状況を確認しながら倉野はタイミングを計った。

地面に近すぎても魔法が間に合わず失敗、遠すぎても魔法が途切れて失敗する。

失敗のイメージを頭から消し去り、倉野はツクネに伝えた。

「今だ！　ツクネ！」

倉野の声に反応し風魔法を発動するツクネ。

地上で風が渦巻き、落下する倉野たちを受け止めた。

ブレーキがかかったように落下速度が低下する。しかし、このままでは地上に激突してしまう。

「クク！」

苦しそうに声を上げるツクネ。

魔法を発動させるためには大量の魔力が必要なのだろう。一気に魔力を消費するのは容易ではないらしい。

「頑張ってくれツクネ！」

祈るしかできない倉野。

だがツクネは倉野の声に反応するように魔力を放出した。

そのおかげもあり、全員は地上すれすれで停止する。

「止まった！」

空中でノエルがそう喜んだ。

全員が口々に喜びの言葉を口にしているとルーズが大声を上げる。

「アルフォロッソ様がっ！」

その声に反応して空を見上げる倉野。

「うわあああああああああ」

情けない声を出して落下してくるアルフォロッソがそこにいた。

「どうして一人だけっ!?」

見上げながらノエルがそう叫ぶ。

このままでは明らかにアルフォロッソだけが地面に激突してしまうだろう。

倉野は何も考えず反射的にスキル「神速」を発動した。

そのまま地面を蹴り、アルフォロッソの着地点に入る。

「スキル『剛腕』発動！」

そう唱えてから倉野はアルフォロッソを受け止めた。

落下の衝撃を殺すように慎重にである。

「うわあああああ……え？」

確実に死んでしまうと思っていたアルフォロッソは情けない声を出した。

倉野に抱きかかえられているその姿は非常に情けない。

「大丈夫ですか？」

そう問いかける倉野。

するとアルフォロッソは恥ずかしそうに倉野の腕を振り払った。

「だ、大丈夫だ！」

抱きかかえられている状態で腕を振り払ったものだからそのまま地面に落下する。

「ぐえっ！　急に離すな！」

「いや、振り払ったじゃないですか」

そう答える倉野。アルフォロッソは恥ずかしそうに立ち上がり、従者ルーズに視線を向ける。

「貴様！　空中で手を離したな！」

怒りをぶつけるアルフォロッソ。

その様子を横目に倉野はツクネを抱きかかえた。

「ありがとうなツクネ」

「クー」

魔力を使い切ったからなのかツクネは疲労を露わにする。

ツクネを抱えている倉野にレイン、ノエル、ハウンドが近寄り、話しかけた。

「この子が助けてくれたのね」

「小さくて可愛い英雄だな」

「助かったぞ」

口々にツクネへの感謝を述べる。

ツクネはゆっくりと倉野の腕から移動し、鞄の中に戻った。

「疲れてしまったようです。休ませてあげてください」

倉野はそう言って鞄の上から撫でる。

改めて周囲を確認する倉野。

ロマネとスルトの親子は抱き合い、お互いの無事を喜んでいた。

ペーストはぐったりと座り込み、息を整えている。

アルフォロッソはルーズの胸元に摑みかかり、まだ怒りをぶつけていた。

「なぜ空中で手を離したのだ！」

「申し訳ありません、そんなつもりはありませんでした。空中でアルフォロッソ様が暴れられたもので」

「何だと？　私のせいにするのか」

「いえ、そんなつもりは！」

問い詰められるルーズ。

しかし言い争っていても仕方がない状況である。

レインは二人の間に割って入った。

「もうやめないか。全員無事だったんだからいいだろう。それよりもこれからどうするか考えたほうが建設的じゃないか？」

そうレインに言われたアルフォロッソは不満そうにルーズの胸元から手を離す。

今、考えるべきはどうやってこの無人島から脱出するか、である。

「とにかく状況を確認しよう。冷静になるためにもな」

レインはそう言ってから全員を集めた。

集まると倉野は鞄から地図を取り出す。

「まず、僕たちはイルシュナ国内にある空港を飛行船で出発しましたよね」

倉野が地図上で空港を指差しながらそう言うとレインが頷いた。

「ああ、目的地はジュアムだ。エスエ帝国の南にある島」

レインはそう言って地図を指差す。

地図を見ながらレインは現在地を推測した。

「そしてその途中でワイバーンに襲われ、墜落した。移動時間を考えると現在地はこの辺りか」

そう言いながら指差したのはイルシュナとエスエ帝国の間にある海。

地図上では何もないことになっている。

それを見ていたノエルが口を開く。

「地図に載っていないってことは、無人島ってことよね」

「だろうな」

ハウンドが頷いた。

推測通りであるならば、イルシュナからもエスエ帝国からもかなり離れている場所に島はある。

つまり船でもない限りこの島から脱出することは不可能だ。

「イルシュナとエスエ帝国の中間にある無人島、ということか。周囲に陸が見えないということは泳いでどうにかなる距離でもないだろう」

冷静に状況を伝えるレイン。

その言葉にアルフォロッソが焦って反応した。

「この島に閉じ込められたってことか？」

「ああ、そうなるな」

「ふざけるな！　命の危機から脱したと思ったら無人島に閉じ込められただとっ？」

アルフォロッソは憤りを露わにする。

焦っているのはアルフォロッソだけではなかった。

商人のペーストは慌てて口を開く。

「どうするんですか？　皆さん最低限の荷物しか持っていないでしょう？　このままではすぐに餓死しますよ」

確かにほとんどの荷物は飛行船に残して飛び降りたので、全員最低限の荷物しか持っていない。

もちろん食料など鞄に入っている少量しかなかった。

ペーストの言葉に頷いたレインが口を開く。

「どうやって脱出するかを考えなければならないのはもちろんだが、食料問題もあるということだ。水分に関しては水魔法で確保できるだろう。しかし食料に関しては、島を捜索するしかない。幸いにも自然が豊富な島のようだからな」

それから全員は周囲を確認した。

着陸したのは海辺の砂浜である。そこから島の中心に向かって木々が生い茂っていた。

そちらに向かえば食べられるものがあるかもしれない。

だが、島の中に入っていくことに不安もある。

「島の中に入っていけば、魔物がいるんじゃないですか？」

ロマネがスルトを抱きしめながらそう話した。

そう、この世界には魔物という存在がいる。種類にもよるが人間が敵わない戦闘力を持っている魔物もいるだろう。

「だが、ここにいても安全だという保証はないのではないか？」

ハウンドはそう口にした。

確かにそうだ、と倉野は心の中で頷く。

無人島である限り、どこにいても魔物に襲われる可能性はある。

その意見を聞いた後、レインは口を開いた。

「確かに、ここで待っていても安全かどうかはわからない。だが、島に入る危険性ももちろんあるだろう。ここは二手に分かれて拠点づくりと島の探索を行うのはどうだろうか」

レインがそう言うとハウンドは頷く。

「そうだな。もし船が通った時に気づくためには何人か海辺にいる必要があるだろう。非戦闘員と護衛のために戦える者一人を残し拠点づくりとするか」

その言葉を聞いたノエルは改めて全員を確認する。

「私は傭兵だから戦闘員側でしょ？　騎士のレインと軍人のハウンドも戦闘員。クラノは商人だけど戦えるってカウントしていいのよね？」

「もちろんだ」

そう言って親指を立てるレイン。

「何でレインさんが答えるんですか」

「戦えないとは言わせないぜ」

言いながらレインは倉野の肩を掴んだ。

ノエルは頷き、さらに確認する。

「じゃあ、私とレイン、ハウンド、クラノが戦闘員。で、ロマネさん、スルトくん、ペーストさん、アルフォロッソさん、ルーズさんが非戦闘員ってことよね」

「ああ、そうだな」

ノエルの言葉にハウンドが答えた。

「じゃあ、私たちは拠点づくりということですか？」

ロマネがそう問いかけるとレインが頷く。

「ああ。と言っても、火を起こして寝場所を確保するくらいだが」

レインの言葉にアルフォロッソが反応した。

「私に働けと言うのか？」

どこまで状況を理解していないのか、と倉野は呆れる。

無人島にまで爵位を持ち込もうと言うのか。持ち込むなら鍋でも持ち込んでくれ。

そう思いながらも優しく語りかける倉野。

「こんな状況ですから、全員が協力しましょうよ」

「くっ……子爵の私が……」

アルフォロッソは不満を露わにする。

そんなことは構わずに話を進めるレイン。

「もちろん全員の協力は大前提だろう。それよりも探索と護衛を決めようか」

「誰が残るか、という話か」

レインに続きハウンドがそう話す。

「誰が護衛になっても同じよね」

そうノエルが話すとハウンドが手を上げた。

「では俺が残ろう。気配を察知する能力は一番高いはずだからな」

唯一獣人であるハウンドは他の人と比べて索敵能力が高い。

護衛には一番適しているだろう。

「そうだな。では俺とノエル、クラノの三人で島の探索をするか」

決定したことをレインが口にする。

アルフォロッソだけが不満そうな顔をしていたが、とにかくハウンドと非戦闘員を残し、倉野たちは砂浜を出発した。

「それでは行ってくる。こちらは頼んだぞ」

最後にレインはハウンドにそう言い残し、島の中心を目指す。


レインを先頭に木々の中を進んでいく一行。

道なき道をしばらく進むと少し開けた場所に出た。

そこには大きな岩があり、周辺には木が生えていない。

まるでその岩のためにある場所のようだった。

「ここで少し休憩をするか」

先頭のレインはそう言いながら振り返る。

倉野とノエルは同時に頷き、その岩の前で座り込んだ。

「ふぅ、結構進んできたわね」

ノエルはそう言って呼吸を整える。

「そうですね。上から見た感じ、それほど大きくない島でしたから、ちょうどここが中心かもしれませんね」

そう倉野が話すとレインが頷いた。

「そうかもしれんな。だが、ここまで食べられそうなものは見つからなかった。と、すると海で魚を獲るのが現実的か」

「そうね。魔物がいたらお肉を確保できるんだけど」

続いてノエルがそう話す。

無人島で考えられる食料は果実などの植物と海で獲れる海産物、そして魔物の肉だろう。

食べられそうな植物が見つけられなかった以上、海産物か魔物を探す必要がある。

そう考えたレインは次の行動を提案した。

「このまま真っ直ぐ進み島の反対側を確認しようと思うのだが、いいだろうか？　その道中で食べられそうなものと魔物を探そう」

「そうね、反対側から陸が見える可能性もあるものね」

そう言ってノエルはレインの提案に賛成する。

倉野も賛成し、そのまま三人は立ち上がり先に進んだ。

歩き始めてすぐに赤い果実がなっている木を見つけるレイン。

「果実があるぞ」

「これは食べられそうね」

ノエルがそう言いながらその果実を手に取る。

だが、果実は五つしかない。

「でも、これでは全員分の食料にはなりませんね」

倉野がそう言うとノエルはその果実を鞄にしまいながら頷いた。

「そうね。まだまだ探さないといけないわね」

「ああ。先に進もう」

そう言ってレインは進み始める。

再びレインを先頭に進む一行。

途中果実をいくつか発見し回収しながら進んでいくと、島の反対側に出た。

「ようやく出たか」

レインが呼吸を整えながらそう話した。

島の反対側も砂浜になっている。

その砂浜から海の向こうを眺めるが何も見えない。

「こちら側でも陸は見えないわね」

ノエルはそう言って肩を落とした。

せめて陸が見えれば今後の方針も決まるのだが、希望は絶たれてしまう。

状況を把握して倉野が口を開いた。

「陸が見えないということは、脱出するとしてもどこに向かえばいいかわからないってことですよね」

「ああ、そうだな。いかだを作ったとしても海を彷徨《さまよ》うだけだ」

そう言ってレインは頷く。

状況的に脱出するには奇跡が起きるしかないだろうと三人は察した。

墜落した飛行船を探しに来る救出部隊が島にたどり着く奇跡を待つか、一般の船が島の近くを通り倉野たちに気づく奇跡を待つか。

もちろんそんな奇跡が起きる保証はない。

このまま無人島から脱出できない可能性のほうが高い。

「詰んだってことよね」

ノエルはできるだけ冷静にそう話した。

今すぐ無人島から脱出する術を失い心の中で落胆しているが、それを表に出してしまうと立ち上がる気力をなくしてしまう。

傭兵のノエルは自分の心を強く保つために落胆を押し殺していた。

そんな状況を理解してレインは自分を鼓舞するように口を開く。

「積極的に脱出できないとしても、諦めることはないさ。ここはイルシュナとエスエ帝国の中間だからな。船が通る可能性は高いだろう。それにここは飛行船航路の真下だ。狼煙《のろし》を上げていれば気づかれるかもしれない」

「確かにそうですね」

レインの言葉に倉野は賛同した。

だが、倉野の本心は違うところにある。

この島の位置も、島からの脱出方法も倉野は知る術を持っていた。スキル「説明」である。

ならば最初から使えばいいのではないか、と思うところであるが、倉野にとってスキル「説明」を使えない理由があった。

各国の人間が集まっているこの状況でスキルを発動してしまえば、その情報がいろいろなところに流れてしまう可能性がある。

だからこそこれまでスキルについて明かす相手は選んできた。

能動的に脱出できないという状況になってしまった以上、スキルを明かすしかないのではないか、と考える倉野。

一呼吸置いてから倉野は口を開いた。

「少しだけ時間をいただいていいですか」

覚悟を決めた倉野。レインとノエルであれば信用してもいいだろうという判断である。

「どうしたの？」

ノエルは首を傾げた。

その横でレインも話を聞いている。

倉野は深呼吸をしてから口を開いた。

「スキル『説明』発動。対象はこの島の情報」

そう唱えると倉野の目前に説明画面が現れる。

「な、何、これ」

「何もない空間に看板が現れた……」

突然のことに驚きを隠せないノエルとレイン。

倉野は表示された文字を読み上げる。

「この島の情報。ネージュ島と呼ばれる無人島。エスエ帝国の領海にあり、現在人が立ち入ることはない」

そう倉野が読み上げるとレインがすぐに問いかけた。

「それはこの島の情報か？」

「そうです」

倉野が頷くとレインは少し考えてから言葉を続ける。

「なるほど。特定の答えを知るスキルを持っているんだな？」

再び頷く倉野。

その様子を見ていたノエルが驚き口を開いた。

「何それ、すごすぎない……ってあんまり驚いてないわね、レイン」

「ああ、聞いたことがあるからな。確か、イルシュナにいるゼロって男がそういうスキルを持っているという話だ」

レインの口から出てきた名前に倉野は驚く。

イルシュナとビスタ国との戦争に発展しかかった事件の時に倉野が倒した男、ゼロ。

あの男もスキル「説明」を持っていた。

「知っていたんですね」

逆に驚く倉野。レインは頷き、話を進める。

「で、そのスキルを使えば脱出方法がわかるということか」

「はい」

倉野が頷くとノエルが口を挟んだ。

「じゃあ、最初から使ってくれればいいじゃない」

「いや、そのスキルは強力すぎる。その力を悪用しようとする者がクラノを襲うかもしれない、取り入ろうとするかもしれない。どちらにせよ、各国に追いかけられることになるだろうな。おいそれと人前で使うわけにはいかなかったんだろう」

そう考察するレインに倉野は頷く。

「すみません」

「が、ここで明かしたということは信頼してもらえたということだろう」

レインはそう言葉を続けた。

「はい。そして、できるなら口外しないでほしいです」

その倉野の言葉を聞いたノエルが話を続ける。

「それは約束するわ。それでそのスキルで脱出方法がわかるって話だけれど」

「はい」

倉野は頷いてから、スキル「説明」を発動した。

対象はネージュ島から脱出する方法。

表示された文字を倉野が読み上げる。

「ネージュ島からの脱出方法。島の西側にイルシュナとエスエ帝国を結ぶ船が通る。狼煙を上げ続ければ船で脱出可能。船の数は五日に一本なので最長で五日あれば通る……ということです」

「船の通る頻度までわかるものなのね」

改めてノエルが驚いた。

その横でレインは冷静に聞き空を見上げる。

「西側……太陽の位置から考えると最初にいた砂浜のほうか。ありがとうクラノ。そのスキルを人に話すにはリスクが伴うだろう。だが、そのおかげで希望が持てた」

レインがそう言うとノエルがなるほどという顔をした。

「そうね。確かにその情報を知らなければ五日間も待ち続けるのは難しかったかもしれないわ」

五日あれば必ず船が通るという情報を知らなければ拠点を他の海岸に移してしまうかもしれない。

脱出不可能だとして絶望し、心が荒れ果て全員が食料を奪い合うかもしれない。

知っているということは希望につながるのだ。

水分は水魔法で確保が可能である。

果実も探せばいくらか見つかった。

五日ならば全員が生き残れるだろう。

「これでなんとか無人島から脱出できそうだな」

レインはそう言って安堵する。

その言葉に倉野は頷いた。

「そうですね。あとは五日間狼煙を絶やさないことと、食料の確保ですか」

「そうね。魔物はいなさそうだったから、食料さえ確保すればいいと思うわ」

そう言ったノエルは何かが引っかかるというような表情をしている。

ノエルの表情に気づいた倉野が問いかけた。

「ノエルさん、何か気になることが？」

「ええ、ネージュ島ってどこかで聞いたことがあるような気がして」

「この島のことを？」

改めて倉野が聞き返すとノエルはゆっくり頷く。

記憶の中を探るようにその言葉に意識を向けた。

ノエルの表情を見ながらレインが何かを思い出したように口を開く。

「そういえば俺もネージュという言葉は知っているぞ。オランディの隣国にプランドールという国がある。その言葉の意味は確か……雪」

「雪？」

レインの言葉を聞き倉野は首を傾げた。

どちらかと言うとこの島は熱帯気候で湿気があり気温も高い。雪とは縁遠いように感じる。

「うーん？　なんだったっけ、気になるわね」

そう言いながらノエルは記憶を探った。

しかし、脱出方法がわかった今、この島のことはそれほど気にする必要はない。

とにかく着陸した砂浜に戻ろうとレインが提案した。

倉野とノエルはそれに賛同し、来た道を戻り始める。

先に何があるか知っている分警戒しなくて済むので、進むのは速い。

しばらくすると中間地点の岩のところに出た。

「ようやく半分ね」

息を整えながらノエルがそう話す。

しばらくそこで休憩してから、歩き始めた。

レインが空を見上げると太陽が沈みかかっている。

「少し急ごうか。暗くなってしまうと道がわからなくなってしまう」

そう言ってレインは速度を上げた。


歩くと走るの中間くらいの速度で向かい、周囲が完全に暗くなる直前に目的の砂浜に到着する倉野たち。

木々を抜けると、ゆらゆら揺れる明かりが見えた。

砂浜に残ったメンバーが枯れ木を集め火を焚いている。

「夜になる前に帰ってこれたな」

木々を抜けた瞬間にレインがそう言って安堵の表情を見せた。

焚き火の周りに残っていたハウンド、ロマネ、スルト、ペースト、アルフォロッソ、ルーズが座り込んでいる。

その横には木の枝と葉っぱを組み合わせた簡易的なテントが五つ並んでいた。

倉野たちが焚き火に向かうと周囲を警戒していたハウンドがその足音に気づき剣を構える。

「何か来るぞ！」

ハウンドがそう叫ぶと、座っていた全員が身構えた。

するとレインが両手を上げて名乗る。

「待て待て、俺だ。レインだ」

その姿を確認したハウンドは剣を下ろし、他の全員も安堵した。

ほっとしてからアルフォロッソがレインに問いかける。

「それで、何か見つかったのか？」

「ああ、果物がいくつか」

そうレインが答えるとノエルが鞄から道中で見つけた果実を取り出した。

ノエルはそれを焚き火の近くに置き、自分も火の近くに座る。

それに続き倉野、レインも焚き火の近くに座った。

二人が座ったことを確認したハウンドは改めて確認する。

「探索の結果を聞きたいのだが」

そう言われたレインは倉野の表情を伺ってから頷いた。

俺に任せろ、というような顔をしてから口を開く。

「探索の結果だが、まずこの島に魔物はいなさそうだ。島の反対側まで行ったが、魔物の痕跡すら見つからなかった。断定はできないがいない可能性が高い」

「それは安心だな」

そう言いながらハウンドは頷いた。

さらにレインは話を進める。

「そして島の反対側からも他の陸地を発見することはできなかった」

その言葉を聞いたアルフォロッソが取り乱す。

「それじゃあ、どうやって脱出するかわからんではないか！」

そう言われたレインは頷き話を続けた。

「ああ、普通に脱出する方法は見つからなかった。仮に船を作ったとしてもどこを目指していいかわからず漂うだけだろう」

「手詰まりってことですか？」

話を聞いていたペーストが口を挟む。

それに対してレインは首を横に振った。

「いや、結果として無人島から出る方法は見つかった」

レインの言葉を聞いて砂浜に残っていたメンバーが驚く。

「どういうことだ！」

「何がわかったんですか？」

「出れるんですか？」

口々に疑問を放つアルフォロッソたち。

一呼吸置いてからレインは説明を続けた。

「探索の結果、飛行船の航空路と気候や島の自然環境からここがネージュ島であることがわかった」

「ネージュ島？」

本当は倉野のスキル「説明」でわかったことなのだが、それには触れずそれらしく話すレイン。

ロマネがそう聞き返す。

レインはすぐに話を続けた。

「ああ、イルシュナとエスエ帝国の中間にある無人島だ。そしてこの場所の西側にイルシュナとエスエ帝国を結ぶ船の航路がある」

「なるほど、その船を待てば脱出できるということか？」

レインにそう問いかけるハウンド。

さらにレインは続ける。

「そういうことだ。イルシュナとエスエ帝国を行き来する船は五日に一回ここを通るという。最長で五日狼煙を上げ続ければ船に気づいてもらえるだろう」

「五日だと！　五日もここにいるというのか」

話に憤りを露わにするアルフォロッソ。

確かに無人島に五日もいなければいけないというのは容易《たやす》いことではない。

だが、このような状況で文句を言っても仕方がないことは全員わかっている。

ノエルが呆れた表情で口を開いた。

「仕方ないでしょ。それよりも五日間生き残るためにどうするか話すべきよ」

とにかく全員は五日間を生き残る条件を確認する。

まず狼煙を絶やさないこと。

狼煙がなければこの島に人がいることは船に伝わらない。

そして、五日分の食料を確保すること。

話し合って決定したのは食料探索と見張りに分かれることである。

日々の食料を確保しなければならないということで、戦える者が二人組になり食料探索をするという話になった。

「戦力的に俺とクラノが食料探索でいいと思うのだが」

レインの提案により倉野とレインは日々明るいうちに食料探索をするということに決定する。

もう一つの見張りというのは狼煙の番をしながら火を絶やさないという役割だ。

並行して拠点に魔物が来ないように警戒もする。

今のところ魔物は出てきていないが今後も出てこないという保証はないため、一応警戒しようということだ。

それについてもレインが率先して話す。

「狼煙については大人が交代制でずっと見ているべきだろう。俺とクラノ以外のノエル、ハウンド、ペースト、アルフォロッソ、ルーズが数刻ごとに交代するのでどうだ」

その言葉にアルフォロッソが反応した。

「待て、私もだと？　ふざけるな！　立場というものがあるだろう」

「無人島に貴族制度は持ち込めない」

アルフォロッソの言い分を一蹴するレイン。

しかしアルフォロッソは食い下がる。

「では、あそこの親子はどうなのだ！　平等と言うのならばロマネとやらも見張りをすべきだろうが」

「こんな状況で子どもを置いて見張りをしろと言うのかい？　ロマネが見張りをしないことに不満を抱くのはあなただけのようだが？」

レインがそう言うと周りの全員が頷いた。

その場の空気に負け押し黙るアルフォロッソ。

「くそっ」

そう言い捨てて、腕を組む。

これからの行動と役割が決定したとして、探索組が集めてきた果実で夕食にすることにした。

「それじゃあ、夕食にしようか」

レインがそう言うとノエルが果実を全員に配る。

「少しずつだけどちゃんと食べてね」

「ありがとう」

「すまないな」

「いただきます」

「ふんっ」

それぞれがぞれぞれの反応をして果実を受け取り食べる。

倉野も果実を受け取り食べながら、鞄にあった干し肉をツクネに食べるよう促した。

そうしているとレインが倉野の横に座る。

「ちょっといいかい？」

「はい？」

レインに話しかけられた倉野は首を傾げた。

するとレインは他の人間に聞こえない声量で話し始める。

「いや、少し気になることがあってね」

「なんですか？」

「飛行船の航空路があっただろう？」

「はい。この真上のですよね」

「そうだ。それについて」

そこまでレインが話したところでロマネの息子のスルトが大きな声を上げた。

「あ！　そうだ！」

何事かと全員がそちらを振り向く。

話の途中だったレインも黙り、そちらを見ていた。

スルトは何かを思い出したようにロマネに話しかける。

「パパ、ネージュ島ってあれじゃないかな。絵本の」

そう言われたロマネは一瞬なんのことかわからないというような表情を浮かべてから、聞き返す。

「絵本？」

「そうだよ、こないだパパが買ってくれた絵本のやつ」

そう答えるスルト。

その話を聞いていたノエルが口を挟む。

「絵本がどうしたの？」

問いかけられたスルトは思い出しながら説明を始めた。

「絵本にネージュ島ってのが出てきたんだよー」

スルトの言葉を聞いたロマネは何かを思い出した顔をする。

「そういえば出てきてました。あれはドラゴニアから帰ってきた親戚からもらった絵本でしたね」

思い出しながらそう言うロマネ。

聞いていたノエルがロマネに問いかける。

「ドラゴニアってあの竜人のドラゴニア？」

「ええ、そうです。親戚が建築関係の仕事をしてまして。ドラゴニアの建築を勉強しに行った帰りにスルトへ絵本を買ってきてくれたんですよ」

ロマネはそう答えた。

話を聞いている限りドラゴニアはどこかの国だと推測する倉野。

そしてそこは竜人の国だという。

そういえば、獣人には竜型がいるという情報をスキル「説明」で見たことがある、と思い出しながら話を聞いていた。

その横にいたレインがさらに問いかける。

「それで、このネージュ島が絵本に出てきたっていうのかい？」

「あ、はい。確かその絵本は竜人が誕生した経緯の話なんですが、その舞台がネージュ島という場所なんです」

ロマネがそう言うとレインが頷いた。

「その話なら聞いたことあるが、舞台がネージュ島という島だとは知らなかったな」

レインの言葉を聞いたハウンドが補足するように口を開く。

「それなら、ビスタ国でも有名な御伽《おとぎ》話だ。だが詳しい舞台などは語られていないな。ドラゴニアでは詳細に語り継がれているのだろうか」

聞いていた倉野は首を傾げた。

「それってどんな話なんですか？」

倉野が疑問を口にするとロマネが思い出しながら話し始める。

「えっと……」


むかしむかしの話である。

雪山に住むドラゴンがいた。

他のドラゴンとは違い、炎に嫌われたドラゴン。

名前はイスベルグという。意味は「氷山」。

山のように大きく、雪のように白いイスベルグは氷を従えていた。

炎の代わりに氷を吐くドラゴンである。

その違いからイスベルグは他のドラゴンに忌み嫌われていた。

だから雪山でひっそりと暮らしている。

そこに同じく人間に嫌われた人間の男の子がやってきた。

その人間は他の人間と違い、瞳が真っ赤だった。

悪魔の子と呼ばれ、人間の村から追い出されたのである。

イスベルグはその赤目に立ち去れと言った。

だが、赤目は帰る場所なんてないと話す。
イスベルグは赤目が村を追い出された話を聞き、涙した。
人間もドラゴンも姿が違うだけで同族を嫌うのだと。
悲しき世界だと。
そしてイスベルグは赤目を自分の住処に住まわせた。
我が子のように育てた。
そして何年か経ったある日、人間の王がイスベルグの雪山を自分のものにしようした。
その雪山では特別な鉱石がとれる。その鉱石を独り占めしようとしたのである。
人間の軍団が雪山にやってきた。
イスベルグは立ち去るように忠告する。
だが人間は攻撃を始めた。
イスベルグは人間に立ち向かう。
だが、その戦いの最中に赤目が命を落としてしまった。
人間の放った矢が赤目に刺さったのである。
イスベルグは激昂した。
人間の軍団を滅ぼし、赤目の遺体を小さな島へと運ぶイスベルグ。

イスベルグはその島で赤目の遺体を抱きしめて泣いた。

ドラゴンの涙を浴び続けた赤目は姿を変えて、生き返る。

まるでドラゴンのような角が生え、体の一部には鱗《うろこ》が現れた。

赤目は自らを竜人と名乗り、元いた雪山の近くに国をつくったのである。

イスベルグは自分がいると再び人間たちと戦いになってしまうかもしれない、と島に残った。

そして島には赤目の名前がつけられた。

雪を意味する「ネージュ」と。


「ってお話です」

焚き火を囲みながら全員でその話を聞いていた。

聞き終えたアルフォロッソは鼻で笑い飛ばす。

「その話がこの島だと言うのか？　ただの御伽話だろう」

「そうかもしれないな。名前が同じだけかもしれん。そうか、その赤目の名前がネージュだったのか」

そう言ってハウンドが頷く。

「と言うか同じ島だと困るわ」

ノエルが苦笑しながらそう話した。

その横でレインが笑う。

「確かにな。同じ島だとしたらドラゴンがいることになってしまう」

「そうですね」

同意する倉野。


その後、そろそろ休もうということでテントを割り振った。

女性であるノエル。

ロマネとスルトの親子。

どうしてもと言うアルフォロッソと、付き従うルーズ。

ハウンドとペースト。

倉野とレイン。

そう決めて、テントに入った。

「最初は私が焚き火の番をさせていただきます」

アルフォロッソの従者ルーズがそう立候補し、焚き火の前に残っている。

倉野はレインとともにテントに入り、座り込んだ。

「ハードな一日でしたね」

そう倉野が話すとレインは寝転びながら笑う。

「ふっ、明日のほうが大変だぞ。そしてその次の日のほうがもっと大変だ。疲労はどんどん蓄積されていくからな」

「確かにそうですね。ゆっくり休んでおかないとですね」

「ああ、それより鞄から出してあげたらどうだ？　ツクネと言ったか」

「え、いいんですか？」

そう言って倉野は鞄を開いた。

中ではツクネが丸まって眠っている。

「あ、寝てますね」

「まぁ、魔力を消費すると疲れるからな。それより、ツクネを隠したいようだったが、珍しい魔物なのか？」

「バレてました？　ちょっと珍しい魔物で、あまり知られたくないんです」

「君は秘密の多い人間だな」

あくびをしながらレインはそう言った。

確かに倉野は他人に言えないことが多い。

何せ異世界の人間なのだから当然だ。

好奇の目にさらされるのを恐れてもいるし、存在が公になってしまうと取り入って利用しようとする者が現れるかもしれない。

意識的に能力を隠すようにはしていた。

倉野が少し黙っていると再びレインが笑う。

「心配するな。隠していることを暴こうとも、言いふらそうとも思っていないさ」

「ありがとうございます」

倉野はそう言いながら寝転んだ。

するとレインが思い出したように体を起こす。

「あ、そうだ」

「どうしたんですか？」

驚きながら倉野が聞き返すとレインは少し考えてから話を続けた。

「さっきの話の続きだ」

「えっと？」

何の話だろう、と首を傾げる倉野。

「ネージュ島の話になってしまったから中断したが、飛行船の航空路の話だ」

「ああ、そういえば話してましたね。と言ってもすぐに終わってしまいましたが」

そう言いながら倉野も体を起こした。

レインは倉野のほうを向いて口を開く。

「どうしても気になることがあってな」

「何ですか？」

「飛行船の航空路っていうのは結界魔法が筒のように張られているんだ。じゃないと飛行型の魔物に襲われるからな。だが、今回ワイバーンが結界の内側に入り込み飛行船を襲った。本来ならばありえないんだ」

「なるほど……どうしてそうなったのか知りたいということですね？」

「ふっ、察しが良くて助かるよ。スキルで解明できるか？」

そう言われた倉野は少し躊躇したが、既にレインには知られているということと、自分も当事者だということで了承する。

「わかりました。ちょっと待ってくださいね。スキル『説明』発動。対象は飛行船の航空路にワイバーンが侵入した理由」

倉野がそう唱えると、目の前に画面が表示された。

画面の文字を読み上げる倉野。

それを聞いたレインは思わず声を漏らした。

「なっ、どういうことだ。なぜ、そんなことを？」

「理由も見てみましょう」

そう言って再びスキル「説明」を発動させる倉野。

それを読み上げるとレインと倉野は同時に立ち上がった。

「まずいですよ、だって今」

「ああ、止めなければ」

そう言って倉野とレインは慌ててテントを出る。


テントを出た倉野たちが向かったのは他のテントだった。

ちょうどその瞬間に事は起きている。

手に持ったナイフを眠っている者に振り下ろそうとしていた。

「待ってください！」

倉野はそう叫びながら振り下ろされるナイフの根元を摑む。

レインは剣を抜き、ナイフを持っている者に鋒《きっさき》を向けていた。

「やめましょうよ、ルーズさん」

ナイフを持つ者の名前を呼ぶ倉野。

驚きながらルーズは倉野の手を振り解こうとしていた。

「どうして……どうして止めるんですか」

悔しそうにルーズはそう言った。

剣を向けているレインは冷静に話す。

「人が人を殺そうとしているのを止めるのに理由が必要かい？」

「どうしてアルフォロッソさんを殺そうとしたんですか？」

続けて倉野がそう問いかけた。

そう、ルーズが殺そうとした人物はアルフォロッソである。

従者であるルーズが主人のアルフォロッソを殺そうとしたのだ。

ルーズは苦しそうな表情で奥歯を噛み締める。

少し黙ってからナイフを手放し、地面に落とした。

その落下音で目を覚ますアルフォロッソ。

「ん……な、何だ貴様ら！」

起きた瞬間にそう言い放つアルフォロッソにレインはため息をついた。

「本当に騒がしい人だな。殺されそうだったんだよアンタ」

そうレインに言われたアルフォロッソは視線をレイン、倉野、ルーズの順に移し、ルーズの手を倉野が摑んでいると確認する。

そこから判断したのかルーズを睨みつけた。

「貴様か！」

激昂するアルフォロッソに対し、ルーズは睨み返す。

「アンタが悪いんだ！」

「な、誰に向かって口を利いてる！」

ルーズの言葉に言い返すアルフォロッソ。

様子を見ていたレインは剣を下ろし、問いかける。

「何があったのか聞かせてもらえないかい」

そう言われたルーズは覚悟を決めたように口を開いた。

「この男は死ぬべきなんだ」

「どういうことですか？」

倉野がそう聞き返す。

アルフォロッソは憤りで顔を真っ赤にして言葉を放った。

「何を言っているんだルーズ！　貴様を拾ってやったのは誰だ？　私だろうが。それを死ぬべきとはどういうことだ」

その言葉を聞いたルーズは拳を強く握りしめながら言い返す。

「私は知っているんだぞ！　ルーナの死の理由を！」

それを聞いた瞬間アルフォロッソの表情が曇った。

だが、ごまかすような口調で言い返す。

「何を言っているんだ。ルーナは自殺だろうが」

「いいや、アンタが自殺に追い込んだんだ、アルフォロッソ！」

そう言いながらルーズはアルフォロッソを指差した。

話を聞いていたレインがルーズの肩を摑み落ち着くように促す。

「落ち着くんだ。まずはわかるように説明してくれないか。ルーナとは？」

「私の……娘です」

そう言ったルーズは悲しげな表情を浮かべていた。

ルーズの娘、ルーナが自殺したことが動機らしい。

そこで倉野が口を挟んだ。

「ルーナさんの自殺の原因がアルフォロッソさんにあるから、その敵討ちのために殺そうとしたってことですか？」

そう問いかけられたルーズは頷く。

「そうです」

聞いていたアルフォロッソは首を横に振った。

「ち、違う！　あれは自殺だ！　私に責任はない」

そうアルフォロッソが言うとルーズはさらに険しい表情を見せる。

このままではさらにルーズが感情的になってしまうと察した倉野が口を開いた。

「落ち着いてください。とにかく、何があったのか説明してもらえませんか」

倉野の言葉を聞いたルーズは頷いてから深呼吸し、話を始める。

「娘は私と一緒にこの男の屋敷で働いていました。元々、この男の父である先代バレンタイン子爵に拾っていただいたのです。しかし数年前、先代が亡くなりこの男が子爵を継承しました。途端にこの男は正体を現したのです」

「正体……ですか」

そう倉野が聞き返すとルーズは再び悲しみの表情を浮かべ、辛そうに話を続けた。

「見てもらえばわかるように、この男は権力を振りかざし、他人を支配しようとします。屋敷の中でも気に食わないことがあれば使用人に暴力……何人もの使用人が再起不能になりました。それだけではありません。屋敷で働いている下女や女中を自室に呼びつけ、襲い……辱《はずかし》め、無理やり犯していたのです。そしてルーナも……」

「な、何を言っている！　あれは同意の上でだな……」

焦りながらアルフォロッソはそう言い返す。

するとルーズはうっすらと涙を浮かべながらポケットから一枚の紙を取り出し、広げた。

「これを見ろ！　ルーナが残した遺書だ。アンタに襲われ、人間としての尊厳を奪われ、地獄の日々だったと書いてある。ずっとずっと苦しんでいたと……書いてある……私は気づいてやれなかった。ルーナがそれを口外すれば私も職を失う……だからルーナはずっと一人で抱え続けていたんだ。私にはルーナの他にも養うべき家族がいる。ルーナは家族のために一人で抱えて死んだんだ。この手紙だけ残してな！　最後にこう書いてある……お父さん、弱い私を許して……と。家族をよろしくと」

そう言ったルーズの目からは涙が溢れている。

悲しみ、怒り、悔い。

そんなものが混じり合って涙として流れているのだ。

話を聞いたアルフォロッソは何も言い返せずに黙っている。

するとレインは持っていた剣をアルフォロッソに向けた。

「この話は本当かい？」

そう問い詰められたアルフォロッソは言い返す。

「私は貴族だ。自分が雇っている者をどう扱おうが勝手だろうが」

「腐ってるな」

アルフォロッソを睨みつけながらレインはそう言った。

倉野も当然ながら嫌悪感を抱いていたが、冷静に話を進める。

「ルーナさんが自殺をしたあと、その手紙を読んだルーズさんはアルフォロッソさんを殺そうと計画したんですね？」

「……はい」

涙を拭いながら答えるルーズ。

さらに倉野は話を続けた。

「そのために、飛行船の航空路を包んでいる結界魔法を破壊したんですか」

そう倉野が問いかけるとルーズは弱々しく頷く。

先ほどスキル「説明」で、航空路にワイバーンが侵入した理由とその行動を起こした理由を倉野とレインは確認していた。

航空路にワイバーンが侵入した理由は、結界魔法を破壊する魔法が発動されたため。発動したのはルーズ。

その行動の理由はアルフォロッソ・バレンタインを殺害するため。

倉野はさらに話を続けた。

「順番に確認しましょう。なぜ、わざわざワイバーンに襲わせるなんてことしたんですか？　普通に殺せばいいものを」

倉野がそう問いかけると、先にレインが口を開く。

「それは相手が貴族だからじゃないかな」

「貴族だから？」

そう聞き返すとレインはアルフォロッソに向けていた剣を下ろしてから答えた。

「さっきルーズはこう言っていただろう。他にも養うべき家族がいる、と。貴族殺しはどの国でも大罪だ。確か、エスエ帝国で貴族を殺してしまうと罪人の家族も同罪とされる。事故に見せかけて殺す必要があったんだろう」

レインの言葉を聞いたルーズは頷く。

さらにレインは言葉を続けた。

「そして、娘の苦しみに気づいてやれなかった自分自身も死ぬつもりだったんじゃないかな」

「なるほど……しかし、その計画が失敗に終わってしまったために、ルーズさんは自力で殺害することを考えた、ということですか。確かに無人島ならば死体を隠すことも簡単です。行方不明になってしまったということで片付けられる」

　そう納得する倉野。

　倉野の言葉を聞いたルーズは肯定するようにゆっくり頷いた。

　その様子を見ていたレインは付け足すように口を開く。

「そういえば飛行船から飛び降りて着地する時にルーズはアルフォロッソの手を離していたな。あれもかい？」

　問いかけられたルーズは再び頷いた。

「その後焚き火の番を買って出たのもこのために？」

「はい……」

　そう答えるルーズ。

　アルフォロッソは憤りの表情を浮かべ、今にもルーズに殴りかかりそうである。

　その横でルーズは苦しそうな顔で口を開いた。

「ワイバーンに飛行船を襲わせれば、周りを巻き込んでしまうこともわかっていました。ですがアルフォロッソがエスエ帝国を離れるのはバカンスに向かうこのタイミングしかない。どうしてもこの男だけは殺さなければならない……いや、殺したかったんです」

　そう話したルーズにレインは少し冷ややかな視線を向ける。

「その事情には同情する。気持ちもわかる。だが、他の人間まで殺そうとした。それはアルフォロッソの犯した罪と変わらないと思うが？」

「レインさん……」

なんとも言えない気持ちになり倉野はレインの名前を呼んだ。

そう言われたルーズは涙と後悔の表情を浮かべて頷く。

「その通りです。ですが……のうのうと生きているこの男が許せなくて……」

話を聞いていたアルフォロッソは開き直ったように口角を上げた。

「ふんっ。どのみち貴族である私を裁くことはできん。むしろ無人島を出れば裁かれるのは貴様だ、ルーズ。一族郎党すべて根絶やしにしてやる」

なぜこのような状況でそんなことが言えるのか。

それもすべて貴族という特権階級が作り上げてしまったのだろうか。

その言葉を聞いたレインはアルフォロッソを睨んだ。

「な、なんだ、貴様」

アルフォロッソにそう言われたレインはため息をつく。

「はぁ。確かにルーズのしたことは許されないことだが、アンタのことを見逃すとは言っていない。この話を知っているのは俺たちだけだ。このまま行方不明になってもらうこともできる」

「な、何をするつもりだ」

聞き返すアルフォロッソ。

レインは強い口調で答える。

「ルーズの家族に手を出すな。ルーズには公の場で罪を償ってもらう」

「ふざけるな！　そんなことできるわけがないだろう」

「いいや、できるさ。じゃなければ斬るだけだ」

そう言ってレインは剣を構えた。

結局、力にはより大きな力で対応するしかないのか、と倉野は心の中で呟く。

権力という力を使ってやりたい放題するアルフォロッソに暴力という力で立ち向かうしかないのか、と。

「そうだ！　より大きな力だ」

何か思いついたように倉野が口を開いた。

「どうしたんだい？」

レインが聞き返す。

「えっと、貴族の罪ってどうやって裁くんですか？　アルフォロッソさんがルーナさんを死に追いやった行動って罪になりますよね」

そう倉野が問いかけるとレインは少し考えてから答えた。

「いや、エスエ帝国の法に詳しいわけじゃないが、普通なら罪に問うことはできない。女中に手を出す貴族なんていくらでもいるしな。しかし、無理やり犯し、人間としての尊厳を奪い死に追いやったというのは罪になる。だが、その行いに対する罰を与えられるとしたら、より階級が上の貴族だろうな。アルフォロッソがルーナにしたように、権力で押さえつけることができる」

「では、もう一つ聞きたいのですが、伯爵と子爵ではどちらが上ですか？」

「もちろん伯爵だ。子爵というのは伯爵の副官に位置するからな」

レインの回答を聞いた倉野は提案する。

「では、こうしましょう。エスエ帝国に知り合いの伯爵がいます。その人に今回の話をして、アルフォロッソさんの罪を罰してもらいましょう」

「なんだと！」

すぐさまアルフォロッソが反応した。

倉野の言っている知り合いとはノーベン・グランダー伯爵である。

過去に行動を共にしたレイチェルの父親。倉野が救った男だ。

彼ならばアルフォロッソの行いを許しはしないだろうと、倉野はそう提案した。

権力という力を使うのならば、より大きな権力によってその行いを裁くのだ。

「グランダー伯爵ならばアルフォロッソさんを裁いてくれるでしょう。その代わりルーズさんはしっかりと罪を償ってください。巻き込んで他の皆さんの命を奪おうとしたんですから」

そう言われたルーズは強く頷く。

「は、はい。それが本当なら、いくらでも償います」

倉野が今回の事件を終わらせようとしたのだが、アルフォロッソは納得いかないようだった。

「ふざけるな！　なぜ伯爵が出てくるんだ！　関係ないだろう。これは私の屋敷での話だ」

その言葉を聞いた倉野は不快感を露わにする。

「ふざけるな？　ふざけているのはどちらでしょうか。貴族という立場を利用して他人を傷つけ死に追いやった。自ら命を絶つことがどれほどのことか僕にはわかりません。しかし想像を絶する恐怖と苦しみがあったでしょう。それをなかったことにして平然と笑っているあなたを許すことはできません」

「許さないだと？　お前は何様だ！」

言い返すアルフォロッソ。

倉野は強い眼差しでアルフォロッソを睨んだ。

「ただの人間ですよ。あなたも僕もルーナさんもルーズさんも」

「私は子爵だ。一緒にするな」

「どうでしょうか。同じ赤い血が流れていて、首をはね飛ばせば死んでしまう。一緒じゃないですか」

倉野はそう言いながらレインの持っている剣に視線を送る。

意味深な視線にアルフォロッソは怯えた。

「な、何をするというんだ」

「何もしませんよ。このまま大人しくしてくれるのなら」

そう答える倉野。

アルフォロッソを黙らせるためにあえて含みを持たせている。

何かをすれば首をはね飛ばされると思い込んだアルフォロッソは言葉を飲み込み黙った。

レインは剣を収め、ルーズに話しかける。

「これで納得かい？」

そう聞かれたルーズは頷いた。

「はい。ありがとうございます」

「だが、忘れるな。関係のない人の命を奪おうとしたことを」

強い口調でレインはそう言い放つ。

ルーズは悔いるような表情でゆっくりと首を縦に振った。

「はい……」

彼の行為を擁護《ようご》するつもりもない。

だが、自殺したルーナと同じように彼もまた追い詰められていたのだろう。

選択肢が一つしかないように感じていたのかもしれない。

アルフォロッソを殺すこと以外に考えられなくなっていたのかもしれない。

だが、今のルーズの表情は憑《つ》き物が落ちたようにすっきりとしていた。

それからレインは改めて確認する。

「これからどうするんだい？　このまま二人をそのままにはしておけないだろう。一緒にするわけにもいかないし、目を離すわけにもいかない。まぁ、無人島だから逃げる場所もないがな」

「このままアルフォロッソさんにはこのテントにいてもらいましょう。そしてルーズさんには僕たちと行動を共にしてもらいましょうか」

「そうだな。それで問題ないだろう」

倉野の言葉を聞いてレインは了承した。

このままここにいるようにアルフォロッソに指示し、テントを離れた。

アルフォロッソは絶望したような表情で座り込み黙っている。

テントを出て焚き火の前まで来たところでレインがルーズに話しかけた。

「そういえば疑問が一つ残っているのだが」

「なんでしょうか？」

「結界魔法を破壊するのは容易ではない。結界魔法を破壊する魔法はその結界を理解し分解する魔法だ。結界魔法への知識と相当の魔法力を必要とする。失礼だがルーズがそれほどの魔法を使えるとは思えない。それほどの魔法が使えるならば従者などしている必要がないからな。どうやったんだい」

そう問いかけられたルーズはポケットから小さな石を取り出す。

「これです」

「これは……なんでしょう」

倉野が首を傾げるとレインが納得したように頷いた。

「魔石か」

「魔石？」

「ああ、文字通り魔法を閉じ込めた石だ。溜めておいた魔法を一度だけ発動することができる。だがこれをどこで？　結界破壊なんて高度な魔法の魔石なんて簡単には手に入らないだろう」

レインがそう話すとルーズは少し考えてから話す。

「突然現れた男に渡されたんです。あれは、ルーナの遺書を見つけた直後でした。これを使えば結界魔法が破壊できると。そしてこの計画を提案されたんです」

ルーズの言葉を聞いた二人は表情を曇らせた。

何者かがルーズの復讐の手助けをしたということ。

そしてその何者かは高度な魔法を会得しており、他人を巻き込んで殺してしまってもいいという思考の持ち主だ。

レインは真剣な表情で問いかける。

「それは何者なんですか」

「すみません……わからないんです。どういうわけか、その男に関する記憶が薄れていて……顔すら思い出せません。ただ、復讐しなければならないという気持ちと計画だけが鮮明に残っていました」

ルーズはそう答えた。

レインはすぐに思いついた可能性を言葉にする。

「記憶操作か」

不穏な言葉を聞いた倉野はそのまま聞き返した。

「記憶操作ですか?」

「ああ、精神魔法の一種だよ。記憶を操作して相手を操る魔法だ。だが、それもまた高度な魔法……失敗すれば相手が精神崩壊して廃人になってしまう。そう考えるとルーズはその男に操られていたのかもしれないな。復讐心につけ込まれたのかもしれん」

レインはそう推理した。

だが、この推理には必要な情報が欠けている。

動機だ。

「何のためにでしょうか」

倉野はその行動の動機を問いかけた。

だが、レインにわかるわけもない。

「考えられるのは、飛行船に乗っていた誰かを殺害するため……いや、だが誰が乗るのかはわからないはずだ」

ここまで言葉にしたレインは倉野の顔を見て何かを思いついたような表情を浮かべて話を変える。

「ともかく、ルーズはいったん休むといい。精神を疲労しているだろうからな。テントの前で見張っているから中で大人しくしていてくれ」

「わかりました。すみません」

そう言ってルーズは倉野たちがいたテントに入っていった。

ルーズを見送ってからレインは焚き火の前に座り込み、木の枝を焚き火に投げ込む。

その近くに倉野も座り込み口を開いた。

「いきなり話を変えたのは僕のためですか？」

倉野が問いかけるとレインは軽く笑う。

「ふっ、そうだ。スキルを知られるのは避けたいようだからな。ここまで来たら誰がルーズを何のために唆《そそのか》したのか知りたくはないかい？」

「確かにそうですね。お気遣い感謝します」

「スキルでわかるかい？」

レインにそう言われた倉野はすぐにスキル「説明」を発動した。

対象はルーズに魔石を渡した男の正体と目的である。

すると目の前に画面が表示された。


【ルーズに魔石を渡した男の正体と目的】

結界破壊魔法の魔石を渡した男の名前はバジル・インフェルノ。

目的は

表示された文字はそこで終わっていた。

これまで情報が表示されなかったことはない。

倉野は焦ってすぐにもう一度スキル「説明」を発動する。

「バジル・インフェルノの目的」

しかし画面には何も表示されない。

「ど、どういうことだ。目的が表示されない」

倉野が焦っているとレインが首を傾げる。

「どうしたんだい？」

「いえ、情報が表示されないのが初めてなので」

「そのスキルは完璧ではないということかな」

「……これまで何でも表示できたのですが」

スキル「説明」を絶対的なものだと思っていた倉野はどうしていいのかわからなくなった。

倉野の様子を見ていたレインは冷静に話を進める。

「とにかく名前はわかった。バジル・インフェルノという男が何かの目的を持ってルーズを操ったということだな。その先がわからない以上考えても仕方がないさ。ルーズの復讐を止めることができたんだ、良しとしてネージュ島から脱出することを考えよう」

そう言われた倉野は深呼吸してから頭の中を整理した。

スキル「説明」がしっかりと機能しなかった理由もバジル・インフェルノの目的もわからないが、するべきことはわかっている。

焚き火を絶やさず、船を待つ。そしてネージュ島から脱出し、エスエ帝国に向かう。

その後、グランダー伯爵に会いに行き、アルフォロッソの罪を裁いてもらうのだ。

レイチェルさん元気かなぁ、と倉野は星空を見上げながら彼女の顔を思い描く。


しばらく焚き火の前で会話をする倉野とレイン。

するとハウンドがテントから出てきた。

「あれ、焚き火の番はルーズ殿ではなかったか」

背後からハウンドに言われた倉野たちは振り向く。

レインはすぐさま言葉を返した。

「ああ、少し事情があってね。交代したんだ。ルーズなら俺たちのテントで休ませている」

「事情……？」

聞き返すハウンド。

その瞬間に倉野は小さな声でレインに話しかける。

「どうしましょう。アルフォロッソさんとルーズさんのこと、説明しますか？」

「いや、飛行船を落としたのがルーズだと知られると余計な混乱を招いてしまうかもしれない。簡単に説明しよう」

レインも小さな声で答えてからハウンドに説明する。

「ルーズとアルフォロッソが少し揉めたんだ。だから二人を会わせないように焚き火の番を代わったってわけさ」

「なるほど。確かにアルフォロッソ殿の態度ではいつか揉め事に発展するのではないかと危惧していたんだが……そうか。では二人はテントから出ないようにしてもらうべきだな」

説明を聞いたハウンドは推測し納得した。

それから倉野とレインはハウンドと番を交代し、テントに戻る。

そこではルーズが座り込んで待っていた。

「起きてたのかい」

レインはルーズに向かってそう話す。

するとルーズは慌てて立ち上がった。

「あ、あの。ほ、本当に……その」

何とか言葉を吐き出そうとするルーズ。

レインはそんなルーズの肩をポンと叩いてからその場に座った。

「落ち着きなよ。憎しみと復讐心を利用され操られていたんだ。とにかく今は寝よう」

レインにそう言われたルーズは一瞬放心してからその場に座り込む。

そして小さな声でこう呟いた。

「ルーナ……」

最愛の娘を失い、その心の隙につけ込まれ操られた男。

憎しみに支配された行動であった。

そんなルーズを恨んでしまってはさらなる憎しみを生んでしまうだろう。

憎しみは憎しみしか生まないのだから。

倉野とレインはそんなルーズの行動を秘密にすることで次なる憎しみの誕生を阻止したのだった。

それからは会話もなく三人が並んで寝転び、休み始める。

しばらくすると倉野はウトウトし始め、夢か現実かわからないところを彷徨った。

体がふわっと浮かび上がるような感覚と沈んでいくような感覚が交互に来て、心地よい。

そんな感覚に身を預けていると倉野の頭の中に声が響いた。

重く低い声。だが、どことなく優しく包み込むような声である。

「聞こえるか。異界の者」

誰の声なのか、どこから響いてきているのかもわからずに倉野は返事をした。

「は、はい。聞こえます」

「そうか。やはり異界の者か。その匂いには覚えがある」

「匂いですか？」

そう言いながら倉野が目を開くと、そこは何もない白いだけの空間が広がっている。

「こ、ここは？」

「私が作った精神世界だ」

背後から響いた声に反応して倉野は振り返った。

するとそこには青白い壁がそびえ立っている。

いや、よく見るとそれは壁ではなく鱗のようなものに覆われていた。

まさかと思い、見上げると壁のような胴体から首が伸び、存在感のある顔が見える。

高さで言うならば十メートルほどだろうか。

そこには鋭い牙と大きな目があり、その背後には大きな翼が見えた。

「ド……ドラゴン！」

そう叫んでから倉野は身構える。

しかし、その青白いドラゴンは冷静に口を開いた。

「うるさいぞ。取って食ったりはしない」

「いや、ものすごく取りそうですけど！　ものすごく食べそうですけど！」

倉野がそう言うとドラゴンはため息をついて首を地面に着け、倉野の目線に自分の顔を合わせる。

「落ち着け異界の者」

なだめるように呼びかけるドラゴン。

もちろんすぐに落ち着けるわけもなく慌てる倉野だったが、ドラゴンの瞳に敵意や威圧感はなく、次第に冷静さを取り戻した。

「すみません、驚きすぎて取り乱しました」

そう話すとドラゴンはその大きな口角を上げる。

「ふっ、気にするな。驚くのが正常な反応だ。落ち着いたのならば本題に入るが良いか？」

問いかけられた倉野は深呼吸してから頷いた。

「は、はい。何でしょうか」

「そうかしこまるな。私の名前はイスベルグ。この姿から氷山龍と呼ばれたり、ブルードラゴンと呼ばれたりしておる」

そう名乗った青白いドラゴン、イスベルグ。

その名前を聞いた倉野は焚き火の前でロマネから聞いた御伽話を思い出した。

ドラゴンと少年の話。そこに登場するドラゴンの名前がイスベルグである。

今いるネージュ島に関わる御伽話だ。

すぐに倉野は言葉を返す。

「イスベルグって、ネージュ島を名付けたっていうドラゴンの名前……」

倉野の言葉を聞いたイスベルグは感心したように頷いた。

「ほう、異界の者にしてはよく知っているな。その通りだ」

そう答えるイスベルグ。

待て待て待て、と倉野は心の中で呟いた。

頭が追いつかない。

眠ったと思ったら声が聞こえて、白い空間に青白いドラゴンがいて、ここは精神世界で、目の前のドラゴンがイスベルグ。

整理されずに情報が頭の中で交錯した。

冷静になろうと努めてから倉野はイスベルグに問いかける。

「えっと、御伽話に出てくるイスベルグさん……なんですか？」

「ああ、よく知らんが人間の中で語られているようだ。少なくともイスベルグという名のドラゴンは私しかいない」

「その……ドラゴンって長寿なんですね」

倉野がそう話すとイスベルグは口を大きく開けて笑い始めた。

「はっはっは。ドラゴンを目の前にして聞くことがそんなこととはな。ああ、私はもう何千年と生きている」

イスベルグの笑い声は空気を揺らし響く。

「あの、そのイスベルグさんが僕に何の用でしょうか。この白い空間も……精神世界でしたっけ。どこなんですか」

「寿命の短い生き物は会話もせっかちだな。まぁいい。精神世界とは文字通り精神の世界だ。眠っているお前の体から精神を取り出して私の心の中に呼び出した、と理解しておけばいい。異界の者の気配を感じたので呼び出させてもらった」

つまりここはイスベルグの心の中なのか、と倉野は理解した。

頷いてから倉野はさらに問いかける。

「どうして僕が異世界の人間だと？」

「魔力を持たぬ匂いがしたのだ。この世界で生きているすべての生物が魔力を体内に蓄えている。だが、お前からは微塵《みじん》も魔力の匂いを感じなかった」

「なるほど……でもさっきこの匂いに覚えがあるって言いませんでした？」

「ああ、大昔に会ったことがある。魔力を持たぬ異界の者にな」

イスベルグの言葉を聞いた倉野は驚きを隠せなかった。

過去の話とはいえ自分以外にも異世界転移者がいたのだと言う。

倉野をこの世界に転移させた女神の話では、異世界の人間は少しずつこの世界に溜まっていく魔素を消費することができる。

おそらく魔素と魔力は同じもので、世界に溜まりすぎると世界自体が爆発してしまうと女神は話していた。

推測するにイスベルグが会ったという異界の者は倉野の前任者なのだろう。

再び、なるほどと頷く倉野。さらに問いかける。

「それで僕を呼び出した理由ってなんですか」

「本当にせっかちだな。まだまだ寿命は残っているのだろう」

「そんなこと言ってたらこの会話で寿命使い切ってしまいますよ」

「どんな会話だ、それは。まぁいい。呼び出したのは頼みたいことがあるからだ」

そう言われた倉野は首を傾げた。

「頼みたいことですか？」

「ああ、その体を貸してほしい」

イスベルグにそう言われ、倉野はさらに首を傾げる。

「ど、どういうことですか？」

「まったく、人間というものは不便だな。ドラゴン同士であれば咆哮《ほうこう》一つで伝わるというのに」

そう言ってからイスベルグは説明を始めた。

イスベルグが言うにはドラゴンという種族は魔素量が多い。

それも他の生物とは比べられないほどだと言う。

さらにドラゴンという生物はその体内で魔素を生み出す種族である。

魔素量が多く、さらに生み出すとどうなるのか。

イスベルグはそれをこう表現した。

「この世界に起きていることと同じだ」

それを聞いて倉野は察する。

倉野が転移することになった理由の一つ。それは、この世界の崩壊を抑止することだ。

世界に溢れた魔素が空気中に溜まり、このままいけば世界が爆発し消滅するところだったらしい。

その爆発を防ぐために魔素を持たない異世界人、倉野がこの世界にいることで魔素を呼吸と共に消費している。

それと同じということは、と倉野は推測を言葉にした。

「体に魔素が溜まりすぎて、大爆発が起きる……」

「ほう、世界に起きていることを知っているのか異界の者」

そう言ってイスベルグは感心する。

さらにイスベルグは説明を続けた。

「その通りだ。本来ならば魔法を発動することで体内の魔力を消費し、魔力爆発を未然に防ぐことができるのだが、不測の事態が起きたのだ」

「不測の事態？」

倉野が聞き返すとイスベルグは真剣な表情でゆっくりと口を開く。

「魔法を使うことを忘れて寝ていた」

「……はぁ？」

予期せぬ言葉に倉野は呆れた。

寝ていたせいで魔素が体の中に溜まりすぎて爆発してしまう、とこのドラゴンは言っている。

「寝ていたっていうのは……？」

改めて聞き返す倉野。

するとイスベルグは開き直ったようにあっさりと話し始めた。

「五百年ほど眠っていてな。気づけば体内に限界まで魔力が溜まっておった」

「五百年……ですか」

「ああ、途中目覚めそうだったんだが、あと少しあと少しと思っていたらいつの間にか五百年だ」

「いや、ちょっとした二度寝みたいに言わないでくださいよ」

呆れながら倉野はそう言い放つ。

「でもそれって魔法を使えば解決なんじゃないですか？」

思いついたことを倉野が提案するとイスベルグは首を横に振った。

「いや、体内に魔力が溜まりすぎていてな。今私が魔法を使えば最低でも国が二つか三つ地図から消える」

「絶対にやめましょう。でもこのまま魔力が溜まっていくと爆発しちゃうんですよね」

倉野が問いかけるとイスベルグは小さく頷く。

「ああ、その通りだ。私の体が爆発を起こし世界ごと滅んでしまうだろう」

「せ、世界ごとっ？」

あまりの答えに驚きを隠せない倉野。

しかしイスベルグは冷静に頷いた。

「五百年分の魔力だからな。容易に世界ごと消し飛ぶ」

「あっさり言わないでくださいよ。でもそれを何とかする方法があるんですよね？」

「ああ、そうだ。そのためにお前を呼んだのだ」

イスベルグはそう言ってから体を起き上がらせる。

その顔を目で追いかけ見上げる倉野。

「お前の体を借りたい」

「さっきも言ってましたね、それ。どういうことなんですか？」

改めて倉野はそう問いかけた。

倉野の問いかけにイスベルグはめんどくさそうな顔をする。

「だから体を貸せと言っているんだ」

「だから説明してくださいって言ってるんです」

臆せず言い返す倉野。

するとイスベルグはため息をついてから説明を始めた。

「溜まりすぎた魔力の消費方法は一つしかない。魔力を持たぬ者に少しずつ消費させるのだ。今、お前がしていることと同じだろう」

イスベルグにそう言われ倉野は驚く。

「僕が何のためにこの世界に来たか知っているんですか？」

「ああ、大昔に会った異界の者がその存在目的を話していたからな。同じなのだろう？」

なるほど、と頷く倉野。

それならば何のためにこの世界に倉野がいるのか知っていても不思議ではない。

納得した上で倉野はさらなる疑問をぶつける。

「じゃあ、イスベルグさんから魔力を譲渡してもらえばいいってことですか？」

「いや、話はそう簡単ではない。私がお前に魔力をそのまま渡してしまえば、その大きさと強さでお前の体が爆散するだろう」

「ばっ……爆散っ？　何で魔力関係は爆発しちゃうんですか。取り扱い注意すぎるでしょう。危険物取り扱いの資格必要じゃないですかこれ」

「しかく？」

首を傾げるイスベルグ。

何でもないです、と倉野は言葉を続けた。

「じゃあどうするんですか？」

「お前の体に私を封印する」

そう言われ倉野は理解が追いつかず口を開けたまま黙る。

「理解していないという顔だな」

イスベルグはそう言ってから詳しい説明を始めた。

「このままでは私が爆散し世界が消滅するか、魔法を使って世界からいくつかの国が消える。だが、お前の体に私を封印すれば、お前が少しずつ呼吸と共に魔力を消費することができる。さらに封印している間は魔力は溜まっていかない。どうだ、最適解だろう」

「どうだ、と言われましても……そもそも今の僕は世界に溜まった魔素を消費している状態なんですが、両立できるものなんですか？」

既に女神から役割を与えられている倉野。

イスベルグの魔力を消費していて世界に魔力が溜まり爆発を起こしてしまえば本末転倒である。

するとイスベルグは小さく頷いた。

「それならば問題ない。世界に魔力が溜まるよりも異界の者が消費するほうが早いからな。仮にその消費の半分を私の魔力にしたとしても、世界に魔力が溜まることはないだろう」

「なるほど」

「じゃあ、了承ということでいいな」

「ちょ、ちょっと待ってくださいよ」

結論を急ぐイスベルグの言葉を焦って止める倉野。

もう一つ確認しなければならないことが残っていた。

「僕に封印するって何か害があったりしないんですか？」

「細かいことを気にするんだな」

「細かくないです！」

「心配するな。封印すると言っても体の中で長い眠りにつくだけだ。体に大きな影響はない」

イスベルグにそう言われた倉野は考える。

このままでは世界に大きな影響を与えてしまうだろう。自分がイスベルグを受け入れれば何も起こらず平和的に解決するのだ。

さらに自分に大きな影響はないという。

ならば受け入れても問題ないだろう、と倉野は頷く。

「もう既にこの世界には巻き込まれてるんですから、今さら気にしても仕方ないですよね。わかりました、大きな影響がないならいいですよ」

「おお、そうか。感謝するぞ、異界の者よ。そういえば名は何という？」

「今さらですね。倉野と申します」

呆れながら倉野は名乗った。

するとイスベルグは真剣な表情で頭を下げる。

「そうか、クラノ。お前がいなければこの世界を滅ぼしてしまっていた。助かったぞ」

伝説のドラゴンに頭を下げられ倉野は恐縮してしまった。

「ちょ、頭を上げてくださいよ」

「それでは私は眠るとしよう。準備は良いか？」

「え、はい？」

倉野がそう答えるとイスベルグはその大きな口を開く。

「へ？」

「また会おう、クラノ」

そう言ってイスベルグは倉野を頭から呑み込んだ。


「うわぁあああああ！」

そう叫んで倉野は体を起こす。

何が起きたのかわからずに息を整えてから周囲を見渡すと、驚いた顔をしたレインとルーズが倉野を見ていた。

「どうしたんだい、大声を上げて。悪い夢でも見たのか？」

そうレインに問いかけられ、倉野はどういうことだ、と心の中で呟いてから何が起きたのかを思い返す。

眠っていたら声が聞こえ、イスベルグに呼び出された倉野。

精神世界という真っ白な空間でイスベルグの頼みを了承した後、イスベルグに丸呑みされたところまでは覚えている。

「夢……？」

倉野が自分に起きたことが夢だったのではないかと首を傾げると、レインが倉野の右腕を指差した。

「あれ、そんなものあったかい？」

そう言われた倉野が自分の腕を見る。

服の袖に隠れている腕。袖がめくれ肘が見えていたのだが、そこには見たこともない黒い線が浮かび上がっていた。

驚いて勢いよく袖をまくると、その線は肩まで続いていた。いくつもの線が重なり何かの紋章のように見える。

まるで刺青だ。

「な、何だ、これっ」

倉野がそう言うとレインはそれをよく眺めてから頷く。

「この紋章はドラゴンを表しているようだな。ほら、この線が翼でこれが体だ。こっちが頭で、その後ろに山みたいなものが描いてあるな。氷山か？」

ドラゴンと氷山という言葉を聞いた倉野はすぐにイスベルグを思い浮かべた。

「そうか、夢じゃなかったんだ」

そう呟いて倉野は先ほどのイスベルグとの出会いが夢ではなかったと理解する。

体に影響ないって言ったじゃないか、と心の中で不満を漏らしながら袖を元に戻し、その紋章を隠した。

「夢じゃなかったってどういうことだい？」

レインにそう問いかけられた倉野は少し考えてから答える。

「いや、何でもないです」

一瞬、すべてを話してしまおうと思った倉野だったが、説明をすると自分が異世界転移者であることを話さなければならないと気づきごまかすことにした。

話したくないという倉野の気持ちを察したのか、レインはそれ以上深くは聞かない。

「そうか、ならいいんだ」

そう言って外を見るレイン。

まだ外は暗く、日は昇っていないようだ。

「何でもないならもう少し休もう。少しでも体力を回復するんだ」

レインにそう言われた倉野とルーズは再び横になる。

そのまましばしの時を沈黙で過ごすと、倉野は再びうとうとし始めた。

目の前がゆっくり揺れて、体から力が抜けていく。

そんな感覚に体を委《ゆだ》ねていると再び声が聞こえた。

「快適だぞ」

何がだろうか、と思いながら倉野は察する。

この声はイスベルグだ。

倉野が目を開くとまたしても真っ白な空間にイスベルグがいる。

「封印されたんじゃなかったんですか？」

そう倉野が言い放つとイスベルグは口角を上げた。

「もちろん封印された。だが、どうやらこのように会話は可能なようだ。話し相手になるがいい」

「寝かせてくださいよ」

「いいじゃないか。私が寝付くまで異界の話でも聞かせてくれ」

「寝付けない子どもじゃないんですから、大人しく寝ててくださいよ」

なだめるように倉野がそう言うとイスベルグは不満そうな表情をする。

「五百年も寝ていたのだ。すぐには寝られん」

「いや、昼間寝過ぎて夜寝られなくなった人じゃないですか、それ」

そう言って倉野が目を閉じるとイスベルグはため息をついてから口を開いた。

「いいではないか。なぜそんなに寝ようとするんだ」

「今、僕たちはネージュ島で遭難しているんです。数日中に船が通るのでそれまで生き抜かなければならない。だから少しでも体力を温存したいんですよ」

「そうだったのか。確かにお前の周りに人間の気配があったな」

「わかりましたか？　じゃあ、寝ますね」

倉野がそう言い放つ。

するとイスベルグは首を傾げてから問いかける。

「転移魔法でどこかの国に渡ればいいではないか」

転移魔法という言葉を聞いた倉野はその言葉の意味を察して言葉にした。

「イスベルグさんは使えるんですか、転移魔法を」

そう聞かれたイスベルグは当然のように頷く。

「ああ、使える。逆に聞くがお前たちの中に転移魔法を使える者はいないのか？」

「多分いません。ていうか、いたらもう脱出してますよ」

「そうか。私が使ってもいいが、魔法を発動しようとすると魔力爆発を起こしてこの辺の海が消し飛ぶ」

「じゃあダメじゃないですか」

言い返す倉野。

するとイスベルグは少し考えてから問いかける。

「では、この島の中心に小さな石があるのを知っているか？」

そう言われた倉野は島を探索した時のことを思い出した。

レイン、ノエルと一緒に島を探索した時に島の中心らしいところに立ち寄っている。

だが、そこにあったのは小さな石ではなかった。

「小さな石ですか？　大きな岩ならあったんですが」

「そうか、人間にしてみたらあれは大きいのか」

「めっちゃ大きさマウント取ってくるじゃないですか。お金持ちがブランド品買って安かったって言ってくるみたいなマウントの取り方するじゃないですか」

「マウント？　まぁいい、その岩を使えばいいのだ」

そう言ってイスベルグは詳しい説明を始める。

島の中心にあった岩はそれ自体が大きな魔石だという。

体内に魔力が溜まりきったイスベルグが魔法を使うことはできないが、その魔石に転移魔法の魔法式を書き込むことは可能らしい。

魔法式というのは魔法を発動する道標のようなもので、その魔法式に魔力を流すことで魔法が発動する。

原理はよくわからないが、そういうものだとイスベルグは話した。

そして、魔石に転移魔法の魔法式を書き込んでおけば他の誰かが魔力を流して、転移魔法を発動させることができる。

ルーズが結界破壊魔法を発動したのも同じ原理だ。

「私が転移魔法の魔法式を書き込んでやるから、誰かに発動させればいい」

イスベルグはそう言って説明を終える。

そう言われた倉野はなるほど、と頷いてから確認した。

「ありがたい話なんですけど、いいんですか？」

「ああ、体を借りるのだから、簡単な手伝いくらいはしてやろう」

「じゃあ、お願いします」

倉野がそう言って頭を下げると、イスベルグは再び口を大きく開ける。

「では、目覚めようか」

「まさか……また……」

「ああ」

そのまさかだ。

イスベルグは再び倉野に噛み付いた。

一瞬目の前が真っ黒になる倉野。

先ほどの経験から学んだ倉野は咄嗟に手で口を押さえ、叫ぶのを我慢する。

「っ！」

勢いよく体を起こし、隣でレインとルーズが眠っているのを確認した。

自分の心音が落ち着いたのを確認してから深呼吸をして小さな声でイスベルグに語りかける。

「何で噛み付かなきゃならないんですか」

すると頭の中でイスベルグの声が響いた。

「いや、特に意味はない。衝撃を与えれば目覚めるだろうと思ってな」

「確かに目覚めましたけど！　意味ないならもっとソフトに起こしてくださいよ」

「善処しよう」

不満を伝え終えた倉野は先ほどの話を確認する。

「確認なんですけど、この島の中心にある魔石に魔法式ってやつを書き込んでもらって、他の誰かに魔力を流してもらえば転移魔法が発動するんですよね？」

「ああ、その通りだ。書き込むためには岩のある場所まで行かなければならないのだが、行けるか？」

問いかけられた倉野はレインとルーズがしっかり眠っていることを確認し頷いた。

「はい。今なら行けます」

「では、向かおう」

倉野はすぐに立ち上がり、テントから出る。


テントを出ると焚き火の前にはノエルがいた。

先ほど焚き火の番をしていたハウンドと交代したのだろう。

ノエルは倉野に気づくと立ち上がり話しかける。

「あら、クラノ。どうしたの？　まだハウンドから交代したばかりだけど」

そう言われた倉野は咄嗟に答えた。

「昼間に落とし物をしたみたいなので、探しに行こうと思いまして」

「落とし物？　この島に魔物はいないみたいだけど、暗くて危ないわよ」

ノエルにそう言われた倉野は確かにそうだな、と頷く。

まだ日が昇るまで時間がある。

倉野がどうしようかと考えているとノエルが掌《てのひら》を倉野に向けた。

「光を纏え、ライト」

ノエルがそう唱えると、ノエルの掌が発光する。

その光はゆっくりと倉野の体に移り、倉野自体が電球のように光った。

「こ、これは？」

「ライトの魔法よ。そんなに長くは保たないけど探し物をするには十分な光量でしょ？」

ノエルはそう言って優しく微笑む。

「ありがとうございます」

「これぐらいどうってことないわよ。気を付けてね」

見送られた倉野はそのまま島の中心を目指した。


日中に通った道をなぞるように進む。

体が発光して真っ暗ではないとは言え、夜の無人島は不気味だ。

風で小枝が揺れてカサカサと葉っぱが音を立てる。

その度に倉野は何かいるのではないかと警戒した。

そんな倉野を見かねたのかイスベルグが頭の中で話しかけてくる。

「臆病すぎやしないか」

「うわっ、びっくりした。いきなり話しかけないでくださいよ。話しかけるときは話しかけるって言ってください」

「いや、意味ないだろう、それは」

驚きはしたもののイスベルグと会話をすることで倉野の緊張はほぐれた。

島の中心にある岩を目指して歩きながらイスベルグと会話する倉野。

「そういえばイスベルグさんはこの島のどこにいたんですか？」

そう問いかけるとイスベルグの返答が倉野の頭の中に響いた。

「魔力爆発を防ぐために私は既に自分自身をこの島に封印していた。そういう意味ではこの島自身が私であった。だからこの島には魔物がいない。私の気配を感じ取りこの島に近寄らないのだ。しかし、この島に封印したとしても私の中に溜まった魔力は減らない」

「そこに僕たちが現れたってことなんですね」

「そういうことだ」

イスベルグと話をしながら進んでいると、島の中心が見える。

そこには昼間に見つけた大きな岩があった。

「これですよね」

「ああ、これだ」

倉野が問いかけるとイスベルグがそう答える。

岩に近寄るとその岩がうっすらと発光していることがわかった。

明るい電球のような光ではなく、ゆらゆらとした淡い光である。

「その魔石に右腕で触れろ」

イスベルグに指示された倉野はもっと近づき、右手で優しく触れた。

すると、右腕から掌を通って何かが流れていくように感じる。

まるで岩が体の一部になって血液がじわっと流れていくような感覚だ。

「な、なんか流れていくような」

「今、魔法式を書き込んでいる。もう少しそのままでいろ。複雑な魔法式だからな」

イスベルグにそう言われた倉野はしばらく岩に触れ続ける。

次第に岩が放つ光が強くなってきた。

黙って倉野が岩を眺めているとイスベルグの声が再び聞こえる。

「終わったぞ」

「もういいんですか？」

聞き返す倉野。

イスベルグは少し疲れた様子で答える。

「ああ、転移魔法の魔法式は書き込めた」

「あれ？　疲れてます？」

「魔力が漏れないように魔法式を書き込むのは気を使うのでな。少しでも魔力が漏れたら、ここが爆心地になる」

そう言ってイスベルグはため息をついた。

危ない作業だったんだな、と心の中で呟く倉野。

「少し休むぞ」

イスベルグは少し気怠《けだる》そうな声でそう言ってから黙る。

作業が完了した以上ここにいる理由はない、と倉野は来た道を戻った。


拠点である海岸に戻るとまだノエルが焚き火の前で座っている。

ノエルは大きな口を開けて眠そうにあくびをした。その途中で倉野に気づき、恥ずかしそうに口を押さえる。

「あ、帰ってきたのね。落とし物はあった？」

そうノエルに話しかけられた倉野は即座に頷いた。

「はい。ライトの魔法のおかげで道に迷うことなく帰ってこれました。ありがとうございます」

「そう？　なら良かった」

ノエルはそう言ってから空を見上げる。

うっすらと空は白み始めていた。

「もう日が昇りそうね。もう一度休む？　少しでも体力を回復させせたほうがいいわよ」

「そうですね。もう少し休ませてもらってもいいですか」

倉野はそう答えてからあくびをする。

よく考えればイスベルグとの出会いがあったので、ゆっくり眠れてはいない。

そんな状況で島の中心まで歩いたのだから、睡魔が倉野を襲っていた。

誰も起こさないよう、静かにテントに戻り倉野は眠る。

体が沈んでいくように意識が途切れた。


「そろそろ起きようか、クラノ」

頭上で響くレインの声で倉野は目を覚ます。

倉野が目を開くとレインとルーズが倉野の顔を覗き込んでいた。

驚いた倉野は即座に飛び起きる。

「うわっ」

「そんな反応されると傷つくなぁ」

そう言ってレインは笑った。

その横でルーズは微笑む。昨日に比べると表情が柔らかい。復讐という一種の呪いから解放されたようだった。

そんなルーズを見て安心する倉野。

ゆっくりと伸びをしてから倉野は立ち上がった。

三人揃ってテントから出ると焚き火の前にノエルとハウンドが座っている。

「起きてきたか」

倉野たちに気づいたハウンドが声をかけてきた。

挨拶をしてから焚き火の前に近づくと、そのタイミングでロマネとスルトの親子がテントから出てくる。

「おはようございます」

ロマネはそう挨拶をしてからスルトを連れて焚き火の前に座った。

しばらくゆっくりしているとペーストが気怠そうに現れる。

これでアルフォロッソ以外の全員が揃った。

ペーストは全員を確認すると座りながら口を開く。

「まだアルフォロッソ殿がいませんな」

その言葉を聞いたレインは即座に返答する。

「彼はまだ休んでいるのだろう」

その横でルーズは気まずそうにしていた。

すべてを説明すれば、飛行船墜落の責任をルーズに問うことになってしまう。そうなると現在、概《おおむ》ね良好な全員の協力関係が崩れてしまうかもしれない。

ルーズがアルフォロッソに復讐しようとしていたことは話さずにやり過ごした。

その後、残っていた果実を全員に配り、朝食にする。

ハウンドがアルフォロッソのテントに果実を持っていく。だがアルフォロッソの叫び声が響き、ハウンドは帰ってきた。

「入ってくるな、とさ」

ハウンドはそう言ってから呆れたようにため息をつく。

アルフォロッソにしてみれば過去の罪が暴かれ、裁かれるのを待っている状態だ。

一人になりたいという気持ちはわかる。

朝食を終えてからレインが立ち上がった。

「さて、食料を調達しに行くか」

倉野はすぐに頷いて続いて立ち上がる。

立ち上がった倉野はルーズに視線を送った。

一瞬不思議そうな顔をしたルーズだったが、倉野たちと一緒に行動するという約束を思い出し、慌てて立ち上がる。

「おや？　ルーズ殿も行くのか？」

ハウンドがそう問いかけるとレインが頷いて答えた。

「ああ、食料調達の人数は多いほうがいいからな」

「確かにそうだ」

そう言って頷くハウンド。

すぐに倉野とレイン、ルーズは木々の中を進み食料を探しに向かった。

「さて、どちらに向かうか」

レインはそう言いながら歩を進める。

昨日歩いた道の食料はあらかた取り尽くした。食料を探すのならば違う方向に進むべきだろう。

だが、倉野は何とかして島の中心にレインたちを誘導したい。

転移魔法の魔法式を書き込んだ魔石をレインに発見させ、発動させる。それが倉野の目的だ。

そこで倉野はこう提案する。

「とにかく島の中心に向かいませんか？　そこから南か北に向かえば、昨日とは違う道を探索できると思います」

そう言われたレインは少し考えてから頷いた。

「そうだな。目印もなく進めば迷ってしまうかもしれない。ルーズもそれでいいかい？」

「あ、はい。私はついていくだけですので」

二人の了承を得て、進路を島の中心に誘導した倉野。

周囲に食料がないか確認しながら進むと大きな魔石が見えた。

それを魔石だと知らないレインが発見し、言葉にする。

「見えたぞ。中心の岩だ。あそこで一度休憩しようか」

魔石までたどり着いた三人は腰を下ろし、その場に座り込んだ。

さて、どうやってこの魔石に気づかせようか、と倉野は心の中で呟く。

少し考えてから魔石に触れて口を開いた。

「あれ？　この岩、少し光ってませんか？」

魔石がうっすら発光するのは昨夜得た知識である。

その言葉を聞いたレインとルーズは魔石に顔を近づけて凝視した。

発している淡い光に気づくとルーズは口を開く。

「これは……魔石の光では？」

「ああ、そうだな。この大きさの魔石は初めて見たよ」

レインはそう言いながら魔石に触れ、一つの疑問を口にする。

「何かの魔法式が書き込まれているな。何だろう？」

そうレインが疑問を持つのは倉野の想定通りだった。

そして、何の魔法が書き込まれているのか気になったレインがどうするのかも倉野は先読みしていたのである。

レインは小さな声で倉野に問いかけた。

「この魔石に書き込まれた魔法式の正体がわかるかい？」

その言葉を待っていた倉野はすぐに頷く。

「はい。この魔石に書き込まれているのは転移魔法のようです」

「な、本当かい？　それが本当なら、転移魔法でこの島から出られるぞ」

レインが驚いてそう話すとルーズが首を傾げた。

「どうしたんですか？」

「この魔石には転移魔法の魔法式が書き込まれているようなんです」

倉野がそう説明しているとレインは素早く立ち上がる。

「レインさん？」

言いながら倉野がレインを見上げた。

「転移魔法が使えるなら食料を探している場合じゃないな。拠点に戻って全員を連れてこよう」

その後、三人は急いで来た道を戻る。


歩くよりも走りに近い速度で進み、拠点に戻った三人はアルフォロッソ以外がいる焚き火の前で息を整えた。

「はぁ、はぁ、はぁ……」

三人が慌てて戻ってきたことに驚き、ノエルが問いかける。

「三人ともどうしたの？　魔物でも出た？」

「もっとすごいものが出たよ」

レインがそう言って微笑んだ。

その言葉を聞いたノエルが首を傾げる。

「何が出たの？」

問いかけられたレインは何があったのかを説明した。

この島の中心にあった岩が巨大な魔石であったこと。

そしてそこには転移魔法の魔法式が書き込まれていたこと。

その話を聞いたノエルやハウンドたちは言葉を失う。

通りかかる船を待たなければネージュ島から脱出できないと思っていた。

しかし、それを待たずして脱出できるというのだ。これは喜びの驚きである。

「とにかく荷物をまとめて全員で魔石に向かおう」

レインは全員にそう指示し、アルフォロッソが籠《こも》っているテントに入った。

どうやら出発することを説明しているらしい。

その間に他の者は自分の荷物をまとめた。

「本当にあの岩が魔石だったの？」

準備しながらノエルが倉野に問いかける。

「はい、本当です。魔石に魔力を流せば魔法が発動するんですよね」

「ええ、そうね。魔石が本物なら発動するはずよ」

ノエルがそう話しながら立ち上がると隣にいたハウンドも続いて立ち上がった。

「大手柄だな。ところで目的地は決まっているのか？」

「目的地ですか？」

倉野がハウンドに聞き返す。

するとハウンドは優しく微笑んだ。

「こんな状況でジュアムに向かっても仕方ないだろう？」

ハウンドの言葉を聞いたノエルは同調するように頷く。

「そうね。今さらバカンスって気分でもないわね」

「できるなら私たちはイルシュナに帰りたいですね」

そう言ってロマネはスルトの肩を抱いた。

倉野はなるほど、と心の中で呟く。

飛行船の目的地はジュアムだったのだが、今となっては自宅に帰りたいという思いが芽生えているようだ。

そのうえで、ハウンドは魔石の性能について振り返る。

「魔石に書き込まれている魔法を発動できるのは一度だけだ。ならば、どこに転移するかは重要だろう。他の国への移動が容易で今すぐに転移しても安全な場所。あとは……そうだな、せっかくなら誰かの自国で全員にしばらくの衣食住を提供してくれるとありがたいが」

「それが理想ね」

そうノエルが頷いた。

すると、その隣でペーストが少し考えてから口を開く。

「そうすると、目的地にすべきなのは私やロマネ殿のイルシュナ、レイン殿のオランディ、ハウンド殿のビスタ国、アルフォロッソ殿のエスエ帝国のどこかということになりますね。その中でも他国への移動が容易なのはエスエ帝国ですが……」

そう言いながらペーストは表情を曇らせた。

その理由は倉野にもわかる。

アルフォロッソが他の者の一時滞在と帰国を支援するかどうか。いや、しないだろうという点である。

彼の言動や性格を考えればそんな不安が過《よ》ぎる。

ノエルやハウンドもその考えに至ったのか、悩んでいる様子だ。

全員の悩みをハウンドが代表して言葉にする。

「問題はアルフォロッソ殿が我々を支援してくれるかというところにあるが……期待できそうにはないな」

「そうね。他に頼れるところがあればいいのだけれど」

ノエルはそう言いながら頷いた。

その様子を見ていた倉野は仕方ないか、と深呼吸する。

元々アルフォロッソをエスエ帝国まで連行し、グランダー伯爵の力を借りてその罪を裁いてもらおうと考えていた倉野。

そのためには目的地をエス工帝国に設定する必要がある。全員の同意を得るには一時滞在と帰国の現実的な計画を提示しなければならない。

今、提示できる現実的な計画はグランダー伯爵に頼るという他ないだろう。

あまりに頼りすぎるのは倉野の本意ではない。しかし優先すべきことを考えれば仕方ないだろうと先ほどの深呼吸につながる。

「エス工帝国に知り合いの伯爵がいます。その人ならば全員の滞在と帰国を支援してくれるはずです。他に懸念がないのであれば目的地をエス工帝国にしませんか」

そう倉野が話すとその場の全員が食いついた。

「それは本当ですか？」

「本当ならありがたいわね」

「気にしすぎていてはいつまでも動けないだろう。ここはその案を採用したいところだな」

口々にそう話していると、テントからレインがアルフォロッソを連れて出てくる。

レインに連れられているアルフォロッソは心労から、やつれているように見えた。顔に生気はなく、俯きながら歩いている。

そのまま二人が合流するとレインは倉野に話しかけた。

「どうだい？　目的地をどうするかって話になったんじゃないかい？」

「え、どうしてそれを」

倉野がそう聞き返すとレインは得意げに微笑む。

「当然の疑問だからさ。そして俺の予想通りならエスエ帝国になるように倉野が提案したんじゃないか」

「その通りです」

驚きながら答える倉野。

エスエ帝国に転移し、グランダー伯爵に頼ることを倉野が説明するとレインは了承し、再びアルフォロッソの隣に戻る。

倉野がルーズと最後尾を歩き、レインがアルフォロッソと共に先頭を歩くことで両者の接触を避けるのだ。

「それでは、出発しようか」

そうレインが合図し、全員で島の中心にある魔石を目指し歩き始める。

全員の速度を合わせるために何度か休憩を挟みながら進み、魔石が見えてきた。

「あの大きさの岩が魔石だと言うのか」

魔石を見ながらハウンドが驚く。

やはりこのサイズの魔石は珍しいのだろう。

魔石の前までたどり着くとレインが魔石に触れた。

「前置きはもういいだろう。できる限り魔石の近くに集まってくれ」

レインの合図で魔石を囲むように並ぶ。

深呼吸してからレインは再び口を開いた。

「目的地はエスエ帝国の帝都。異論はないかな」

その問いかけにアルフォロッソを除く全員が頷くとレインは魔石に意識を集中させる。

「魔法式を発動する」

そうレインが唱えると魔石は強く発光し、その光がその場を覆った。

強い光に目が眩《くら》んだ倉野。目の前が真っ白になった瞬間に体が浮かび上がるような感覚に襲われる。

「うわっ」

思わず倉野は声を漏らした。

◇

浮遊感の終着点。体がどこかに着地したと感じ、目を開けると懐かしく感じる風景が広がっていた。

自ら指定した場所なのだから、わかって当たり前だが、そこはエスエ帝国の帝都付近。

倉野が一度通ったことのある草原の真ん中だった。

「全員無事ですか？」

倉野が問いかけると、自分の首を撫でながらノエルが苦笑する。

「無事じゃない可能性があったのなら、先に説明してほしかったわ」

「ノエルさんは無事そうですね」

続いて倉野は、事件を起こしたルーズとアルフォロッソを確認した。二人とも転移の衝撃で気を失っているらしい。

暴れ出しても困るのでむしろ好都合だ、とそのままアルフォロッソの隣で胸を撫で下ろしているレインに声をかける。

「レインさんも怪我はないですか？」

「ああ、顔に傷がないだけでも大満足さ。ついでに首も取れてない」

「首のほうを先に心配してください」

ハウンド、ロマネ、スルトの姿も確認したが、怪我はないようだ。

全員無事に転移し、エスエ帝国に到着したらしい。

一呼吸置いて、倉野は立ち上がった。

「じゃあ、帝都に向かいましょうか。すぐそこに見えてますから」

倉野がそう言うと、返事をしながら立ち上がるレイン。

その瞬間、レインは倉野の懐かしげな視線に気づいた。

「ああ……ん？　何か思うところでもあるのかい？」

「何がですか？」

「その目さ。故郷ってわけでもないんだろ？」

「そうですね。でも、すべてはこの国から始まったので」

倉野はエスエ帝国の空気を吸い、この世界に来てからのことを思い出していた。

この空気に触れてから、倉野の異世界生活は始まったのである。

神の理不尽により始まった、この生活。自分が何をなせるのかは、努力にかかっていた。

努力によってすべてを切り開く、ファンタジーな設定。

そう考えた時に、倉野は笑ってしまった。

「ははっ」

「どうしたんだい、いきなり笑って」

レインに問いかけられた倉野は、草原を駆け抜ける風を感じながら答える。

「いえ、ここじゃなくても自分の努力で切り開くものだよな、なんて思っただけです」

ここから先も続く、倉野の旅。そして生活。

幾度となく壁が現れるだろう。それでも彼は折れない。

努力を続け、その先に進む。

レベルが上がらないなんてこと、関係ないのだ。

異世界で俺だけレベルが上がらない。だけど努力すれば、こんなにも充実した日々が待っていた。

倉野は前方に見える帝都の輪郭を視線で捉え、一歩目を踏み出す。

番外編

気候の穏やかな東の小さな島国。その国の首都から程近い村に、彼らは住んでいた。

そんな場所に拠点を置いているのは、父親の故郷に似ているからだと、アッシュは母親から聞いていた。

八歳の少年アッシュは、今自分が置かれている状況の責任が、そんな決断をした父親にあると考える。

世界一の大きさを誇るエスエ帝国であれば、貴族の知り合いも多く、こんな状況にはならないだろう。

あるいは、獣人の国ビスタであれば、父親の友人でありビスタの英雄でもあるレオポルトの名前が盾となり、自分を守ってくれるはずだ。

「お前、魔法も使えないんだってな」

「冒険者にもなれないくせに」

「何ができるんだよ、お前」

同い年くらいの少年たちが、アッシュを囲んで蔑《さげす》むような視線と言葉を向ける。

アッシュは拳を握りしめて、自分を囲んでいる子らを睨みつけた。

「どうして僕に絡むんだ！　毎日毎日！」

心から振り絞るような彼の問いに、子どもたちは嘲笑で返す。

「父親がすごいってだけでお前が調子に乗ってるからだよ。ばーか」

「父親が世界の英雄だか何だか知らないけどな、アッシュ。お前自身は何もできないヘタレなんだよ。魔法も剣も下手くそで、口ばかりのへなちょこアッシュ」

そんな罵倒《ばとう》を受けながらも、アッシュは再び問いかけた。

「父さんは関係ないだろ。僕は僕だ。調子に乗っているわけでも何でもない」

すると、アッシュを囲む中で一番背の高い子が前に出る。

「関係なくないだろ？　大人たちはお前を特別扱いする。英雄の血筋だってな。俺とお前が同じことをしても、お前だけが褒められるんだよ。いや、俺は魔法だって剣だってお前よりもできる……なのに褒められたことなんてない！　お前がいるからだ、英雄の搾《しぼ》りかす！」

その子の名前はアビー。村の子どもたちを束ねるリーダーのような存在だ。

元々は彼がアッシュに対して嫉妬心を抱いたことから、この取り囲みは始まっている。

いや、それは後付けの理由だ。本当の理由は、アッシュの無計画な勇気。

「アビー……僕は搾りかすなんかじゃない。アッシュだ」

「お前なんて搾りかすで十分だよ。帰って英雄のパパにでも泣きつけばいい。子ども同士の喧嘩に出てくるなら、英雄もその程度ってことだ。親子揃ってダメダメってな」

「父さんの悪口を言うな！」

父の悪口を言われたアッシュが声を荒らげると、アビーは馬鹿にしたように繰り返した。

「父さんの悪口を言うな？　はっはっは、だったら殴りかかってこいよ、搾りかす。勇気すらも搾られちまったのか？」

挑発するように自分の頬を叩いてみせるアビー。

それでもアッシュは拳を握るばかりで、一歩踏み出すことはできなかった。

「くっ……」

結局、彼らが飽きて立ち去るまでアッシュは何もできない。睨み返し、言葉で応戦するばかりである。

立ち去る際、アビーはわざとアッシュの肩に自らの肩を力強くぶつけた。

その反動でアッシュは後方に倒れ、背中を汚してしまう。

遠くなる数人の背中を睨み、アッシュは奥歯を嚙みしめた。

「くそ！　どうして……どうして僕ばっかりこんな目に遭《あ》うんだ」

何か自分に過失があるわけではない。

ただ魔法が使えなかっただけ。ただ父親が世界的な英雄であるだけ。ただ父親のような強さを持ち合わせていなかっただけ。

それだけだ。

アッシュはその悔しさから溢れそうになる涙を、ギリギリのところで堰《せ》き止め、呼吸を落ち着かせてから立ち上がる。

「帰ろう……」


そのままトボトボと、無理やり頭を下げさせられたかのように背中を丸めたアッシュが家に向かって歩いていると、前方から小さな毛玉が迫ってきた。

「クー！」

その姿を見た途端、先ほどまで明らかに落ち込んでいたアッシュが笑顔を取り戻す。

「ツクネ！」

「ククク ッ」

ツクネと呼ばれた毛玉は体を伸ばし、その正体を見せた。

小さく細長い体躯《たいく》、愛くるしい表情。セイヨウケナガイタチ、いやフェレットと言ったほうがわかりやすいだろうか。ツクネはフェレットによく似た姿を持つ魔物、フェレッタである。

そして、アッシュの父親と共に数々の冒険を乗り越えた、相棒でもあった。

「迎えに来てくれたのかい、ツクネ」

「クー」

ツクネは嬉しそうに頷き、アッシュの足から肩まで登り、そのまま頬を寄せる。

アッシュが生まれた時から、ツクネはそばにいた。父親の相棒なのだから当然だ。こんなに可愛らしい容姿をしているのにもかかわらず、ツクネに関する武勇伝をアッシュは何度も聞いている。

風の魔法を操り、誰かの危機には駆けつけ、どんな敵にも恐れずに立ち向かう姿は、まさに獅子《しし》奮迅《ふんじん》の如くだった。

そう語ったのが、血煙《けつえん》の獅子という異名を持つレオポルトなのだから、おかしな話である。

「なぁ、ツクネ」

アッシュが深刻そうに話しかけた。

するとツクネはアッシュの心情を察したように首を傾げる。

「クー?」

「どうすれば魔法が使えるのかな。僕が魔法さえ使えれば……」

「クー」

当然、人の言葉を話せないツクネから明確な答えが返ってくるはずもない。

ツクネはただ、アッシュの目尻を舐めて慰めるように体を擦りつけた。

泣いていなかったアッシュだが、涙が流れていたのかと錯覚してしまう。

「ありがとう、ツクネ。変なこと言ってごめんな。家に帰ろう、母さんがご飯作ってくれてるはずだから」


アッシュとツクネが帰る家は、小さな丘の上にひっそりと建っている。アッシュはこの家で生まれ育った。

扉を開ける前から煮込み料理のいい香りが漂っており、食欲を刺激する。

いつもの香りと違い、香ばしさの中に鼻の奥がツンとする何かが混じっていた。

「ただいま、母さん」

アッシュが勢いよく扉を開けると、聞こえてきたのは予想していた母親の優しい声ではなく、威厳のある男性の声。

「帰ってきたか、アッシュ」

予想外の声にアッシュが身構え、キッチンのほうに視線を送ると、立っていたのは筋肉質な男だった。

それだけでは説明が不足している。

彼の名前はレオポルト。獅子のような耳と牙を持つ獣人である。

アッシュの父と十年以上の付き合いがあり、戦友と言える存在だ。

元々、この世界では獣人の立場が低く、差別の対象とされていた。そんな世界中の偏見を己の功績でひっくり返したのが、このレオポルトである。

おおらかで優しく、また厳しく、他人のために動くことのできる男だ。

最近の悩みは白髪が増えてきたことらしい。

「レオおじさん！　どうしたの？　いきなり」

「何だ？　来ちゃダメだったのか？」

「そうじゃないけど、母さんが言ってたんだ。レオおじさんは忙しくてなかなか会えないよって」

「ああ、まぁな。世界中の国が同じ机を囲むようになってから、それほど経ってはいない。小さな内紛や国同士の小競《ぜ》り合いも続いている。ワシらとしては、何かが起これば……って、子どもにする話じゃないな。ともかく、可愛いアッシュに会う時間くらい作れるさ」

レオポルトが少し照れ臭そうに言う。

アッシュは肩からかけていた鞄を置いて、ツクネを床に下ろしてから椅子に座りレオポルトに話しかける。

「ねぇ、レオおじさん。ニャル姉ちゃんは元気？」

「ああ、ニャルか？　今はエスエ帝国にいるはずだ。新しい料理の勉強とか言ってたぞ」

「エスエ帝国って父さんと母さんが出会った国だよね？　どんなところなの？」

その問いかけに対して、レオポルトは鍋の中の煮込み料理を混ぜながら答えた。

「世界一大きな国、だな。いろんな意味で」

「大きな国かぁ」

「アッシュも行ったことがあるだろう」

「僕が子どもの頃でしょ？　そんなこと覚えてないよ！」

「ははっ、今でも子どもだろう。子どもの頃、ときたか。これはいい」

「何笑ってるのさ」

不満を主張するアッシュ。

レオポルトは口角を上げて、もう一度笑う。

「ははっ、すまんすまん。別に馬鹿にしているわけじゃないさ。アッシュも大きくなったな、と思っただけだ。それよりも何だ？　エスエ帝国のことが気になるのか？」

「違うよ……父さんのこと」

「クラノがどうした？」

そう言われたアッシュは、自分の家名もクラノなんだけど、と唇を突き出してみた。

しかしレオポルトはいつまで経っても父親のことをクラノと呼ぶので、今さら指摘したところで変わらないと諦める。

「……どうして父さんは魔法が使えないの？　僕もだし……」

アッシュが問いかけるとレオポルトは腕を組んで「ふむ」と考えるような素振りを見せた。

「どうして、か。それがクラノの個性……そう言うしかないのだが、それでは納得しないという顔だな」

「納得できないよ。だって父さんは、この世界を救った英雄なんでしょ？　それなのに……魔法が使えないのに、どうやって英雄になったんだろって」

「魔法と強さは関係ないさ」

「でも、レオおじさんみたいに筋肉がすごいわけでもないし。レオおじさんはそんなに強そうなのに、魔法も使う。でも父さんは」

悲しげなアッシュに、レオポルトは優しい表情を向ける。

「いいか、アッシュ。お前さんの父親は誰よりも強かった。そして誰よりも弱い」

「強くて……弱い？」

「ああ、そうだ。弱いからこそ、誰よりも強かったと言ったほうがいいな」

「それって、弱いからレオおじさんやレインおじさん、ノエル姉さんに守ってもらってたんでしょ？」

アッシュは父親と共に世界を救った仲間の名前を羅列した。

内容に関係なく、レオポルトは苦笑する。

「レインがおじさんか。これはいい、アイツもアッシュから見ればそうなのか。いや、それよりもノエルの圧を感じそうだな。何が何でもおばさんと呼ばせない圧力だ」

そう呟いてから、咳払いをして本題に戻った。

「ワシやレイン、ノエルがお前さんの父親を守っていたわけではない。それは違うぞ、アッシュ。守られていたのは、むしろワシらのほうだ。クラノが強かったのは、誰よりも困難に立ち向かったからだろう。それも自分のためにではなく、他人のために立ち向かっていた。力を乱暴に行使するわけではなく、誰かを守るために。何かを背負っている時のクラノは強いぞ。アイツが本気で激昂した時は、少なくとも同じ国にはいたくないくらいにな」

「父さんって怒ることあるんだ……」

自分の知らない父親の一面を知ったアッシュは、不思議そうに口を開いた。

するとレオポルトは何かを思い出したように笑う。

「ははっ、ああ、そうだな。普段のアイツからは想像できないだろう。お前さんの母親が危機に陥った時なんかはすごかったぞ。あれはそうだな、世界連盟が活動を始めて数年経った頃か。魔物を意のままに操る古代技術を復活させた者がいてな。そいつは元々、クラノを恨んでいたらしい。名前は確か、バジルなんとかって」

昔話に花を開かせようとするレオポルトに、アッシュはため息を贈った。

「その話長くなりそう。どうしておじさんたちは昔話が好きなの？」

「ははっ、そうだな。クラノたちと戦っていた頃が一番楽しかった、そう思っている証拠だろう。もちろん、今も楽しいがな」

言いながらレオポルトはアッシュの頭を撫でる。

一度会話が落ち着いたところで、アッシュはレオポルトを見上げながら問いかけた。

「そういえば母さんは？　父さんは仕事だと思うけど」

「ああ、どうしても二人じゃなければダメな依頼があってな。少しこの村を出ている。クラノもお前さんの母さんもな」

「依頼？」

アッシュが首を傾げる。

「なに、大した話じゃない。ここから少し離れた場所で、世界連盟……様々な国の代表が集まり、平和会議を開いているんだ。ほとんどの人間がクラノに会いたがっている。そこに少しだけ顔を出すように頼まれたんだ」

「世界中の人？」

「ああ、ジェイド将軍やグランダー家の関係者。ビスタからはワイティーノも来ているし、イルシュナからはダンなんかも代表者についてきているはずだ」

「わーかんないけど、仕事か。その代わりにレオおじさんがご飯作ってくれているの？」

興味なさげにアッシュは鍋のほうを眺めた。

するとレオポルトはガッツポーズを見せつけて、鍋の中身を紹介する。

「今日はカリレだ。ビスタではよく食べられるものだぞ」

鼻を刺激するような香りは、ビスタから持ち込んだスパイスのものらしい。

カリレを煮詰めている間、レオポルトも椅子に座り、アッシュに会話を持ちかける。

「なぁ、アッシュ。どうしていきなり魔法の話なんかしたんだ？」

問いかけられたアッシュは答えづらそうに顔を伏せた。

「いや……」

「気になる年頃ってやつか？　心配しなくても、いつか自分の適性が見つかるだろう」

「いつかじゃダメなんだよ！」

突然声を荒らげるアッシュ。そこには何かがある、とレオポルトは机に手を置いて問いかける。

「いつかじゃダメ……か。そんなに焦っているのと、お前さんの背中が汚れているのは関係がある。違うか？」

一気に核心に近づくレオポルトの言葉は、アッシュを動揺させる。

「え、せ、背中？」

慌てたアッシュは椅子の背もたれに寄りかかった。隠したのは、アビーに押されて転び汚れた背中である。

そんなアッシュにレオポルトは得意げな笑みを見せた。

「ふっ、ワシの目や鼻は特別製でな。しっかり背中を見たわけではないが、お前さんから漂う土の匂いと、少しばかりの汚れを見逃しはしない」

「なんかキモいよ、レオおじさん」

「うるさい。仕方ないだろう、獣人のサガってやつだ。いや、戦士の……か。それに知っているか？」

「何を？」

「獣人の鼻は相手の感情を嗅ぎ取る。どんな感情を抱いているのか、匂いでわかるんだ」

嘘である。獣人の鼻にそんな機能はない。例えば嘘を吐いており、冷や汗をかいているなんてことがあれば、少しはわかるかもしれないが感情の機微まではわからない。

しかしそれが嘘であるとアッシュの知識では見破れなかった。

「や、やめてよ」

アッシュは自分の体を抱くようにして、匂いを閉じ込めようとする。

そこでレオポルトは「悔しい……か」と呟き、言葉を続けた。

「何か悔しい思いをしたんだろう？　魔法が使えないことで、村の子と何かあったってところか」

「……」

「図星だな？　それも戦って負けたわけではなく、立ち向かうことができなかった」

レオポルトの言葉はすべて推測によって導き出したもの。

背中だけが汚れているという点から、殴り合ったわけではないとわかる。アッシュの綺麗な拳を見れば、さらに信憑性は増す。

そもそも悔しい思いをしたというのも、いきなり魔法や強さの話をしたことから容易に推測できた。

けれど、すべて知られているのだと思ったアッシュは、観念したように口を開く。

父親ではないが家族のように接してくれる年上の男性ということで、話しやすかったのだろう。

「……アビーに、同い年の男にいじめられてるんだ。僕のことを搾りかすだって」

「そうだったのか」

レオポルトは真剣な表情で、噛みしめるように相槌を打った。

さらにアッシュの言葉は続く。

「それも一人じゃない。アビーは何人も引き連れて、僕を囲むんだ。魔法も使えない僕じゃあ、勝てるわけないよ」

「だから立ち向かわなかったのか？」

「だって……そうだ、レオおじさん、僕と一緒に戦ってよ。向こうだって何人もいるんだ。僕もレオおじさんとなら……いいでしょ？　父さんと一緒に戦ってたんだし」

アッシュがそこまで言うと、レオポルトは低く厳しい声で話を遮った。

「アッシュ」

「な、何？」

「ワシとクラノは対等だった。クラノは一度たりともワシを道具のように使おうなんてしなかったぞ」

「道具なんて……そんなつもりじゃないよ。僕は」

「じゃあ、どういうつもりだったんだ？　ワシがそのアビーとかいう子を睨んで、お前さんは何をする？　自分の背後には獅子がいるぞ、と威張るのか？」

レオポルトの言葉は深くアッシュの心に突き刺さる。

利用しようなんてつもりはなくても、周囲から見ればそう映ってしまうだろう。そんなことを望んではいなかった。

「ごめん、レオおじさん。そんなことをしようなんて思ってなかった」

素直に謝罪するアッシュ。その言葉さえ聞けば、レオポルトの表情は優しいものに戻った。

「ふっ、お前さんを責めているわけではない。だが、一度も自分で立ち向かっていないのに、誰かを頼る癖をつけるべきではないだろう。そもそも、そのアビーという子はお前さんの何が気に食わないんだ？」

「それは……」

レオポルトの問いかけに対して、答えにくそうなアッシュ。

それでも先ほど感情を言い当てられた経験から、隠しても無駄だと話し始める。

「元々いじめられてたのは、僕じゃないんだ。最初は……」

アッシュの話は、数週間前に遡る。

アッシュの父親は『遥か未来から来たのではないか』と噂されるほどに、様々な知識を持っている。例えば、電気という概念やそれを利用した産業革命なんかは、まさにそれだった。

そんなアッシュの父親に知識を学ぼうと様々な国から人が集まってくる。

そして先日、この村に新たな家族が転居してきた。

それ自体は珍しいことではなかった。しかし、今回転居してきたのは獣人の父親と人間の母親。

そしてハーフの女の子である。

獣人への偏見がなくなってきたとはいえ、ハーフの子はまだ好奇の目で見られていた。

悲しいことだが、子どもたちのコミュニティーではいじめの対象になりやすい。

当たり前のようにいじめの対象になった女の子の名前は、ナスターシャ。

先ほど、アッシュを取り囲んでいたアビーたちは元々彼女をいじめていたのだった。

そんな現場を目撃したアッシュは、どうしても我慢できなかったのである。

いじめに対してもだったが、アビーたちが投げかけている言葉が許せなかった。

そこでアッシュはアビーの前に立ち塞がる。もうナスターシャをいじめるな、と。

結果的にナスターシャへのいじめはなくなった。

しかし、その矛先はアッシュへと向き始めたのである。


「なるほどな」

レオポルトは一言放ってから、アッシュの頭を撫でた。

わしゃわしゃと髪の毛を乱すように手首を動かしてから、笑顔を見せる。

「よくやったな、アッシュ。そうか、お前さんもそのタイプか」

「そのタイプ？」

「自分のためには立ち向かえなくとも、他人のためにならば自分の勇気以上の行動が取れる。また昔話だと笑われるだろうが、クラノを見ているようだ」

どこか遠くを見るような目をするレオポルト。

彼に刻まれた戦いの記憶がそうさせるのだろう。

父親に似ていると言われたアッシュは、魔法が使えないという点を強く意識した。

「やっぱり父さんに似てるから魔法が……」

「心配するな。魔法を使わずともお前さんの父親は最強だった。立ち向かう心があれば、お前さんは最強になれる」

「立ち向かえば……じゃあ、アビーとも戦えば勝てるってこと？」

「ああ、そうだ。少なくともお前さんはナスターシャという少女を守っただろう。身を挺《てい》して庇ったんだ。その結果、アビーという子がナスターシャをいじめなくなったのなら、お前さんの勝ちでいい」

そうレオポルトに言われても、アッシュは納得できない。

今、自分がいじめられていても立ち向かえないからだ。

勝っているなんて言われても、受け入れられるはずがない。

「でも……結果的に僕はアビーに……もしもあの時、ナスターシャを助けなければ」

辛さからそんなことを呟くアッシュ。それは決して本心ではない。

うっすら浮かび上がる後悔の念が言葉を吐かせていた。

それでも言葉にすれば強く心に残るだろう。

レオポルトが慌てて名前を呼んだ。

「アッシュ、そんなことを言うな」

「……そうだよね。僕、最低なことを言いそうだった」

何とか言葉を止めて、アッシュは真剣な表情をレオポルトに向ける。

「ねぇ、レオおじさん」

「なんだ？」

「どうすれば……どうすれば強くなれる？」

この瞬間、少年アッシュは心から強くなりたいと願った。

自分の行動を後悔しないでいいように。守りたいと思った人を遠慮なく守れるように。

「はっはっは、いい目をする。そうだな、年寄りらしくお前さんにもう一つだけ昔話をしよう。クラノから聞いた、クラノが初めて戦った時の話だ」

「父さんの？」

「ああ、その町には悪名高い冒険者がいたそうだ。その冒険者はある女性に言い寄っていた。しかし、そこにクラノが現れ女性の心を掴んだらしい。それを面白く思わなかった冒険者は、クラノを感情のままに叩きのめしたのだとか。ワシからすれば想像もつかんが、そこでクラノは大敗を喫した。圧倒的な実力差が存在したと言っていたな」

父親が負けたという話を、どんな顔で聞けばいいのかわからない。

アッシュは頷くこともできずに、ただ聞いていた。

「そこでクラノはこう思ったらしい。自分が弱いせいで、何も守れない。その場にいた女性はクラノが負けたことで傷ついたんじゃないか、と。そんな状況でクラノはどうしたと思う？」

「父さんが何をしたか……強い傭兵を雇ったとか？」

「そんなことはせんさ。答えは至極簡単、そして明瞭だ。死ぬ気で努力した、と本人は言う」

「努力？」

努力。言葉にすれば呆れるほど簡単なものだ。

強い相手に立ち向かうために努力をした。物語にしてもありきたりな設定である。

しかし、それが冗談やおふざけでないことはレオポルトの表情が物語っていた。

「そうだ、努力だ。自らの想いと痛みを積み重ね、近い未来にすべてを賭ける。そんな行動がクラノに勝利をもたらした」

「父さんはその冒険者に勝ったの？」

「ああ、冒険者に勝ち、女性を守り、女性の心も摑んだと聞いている」

そう答えながらレオポルトは嬉しそうに微笑む。

その顔から何か察したアッシュは、首を傾げながら問いかけてみた。

「もしかしてその女性ってお母さん？」

「ふっ、どうかな。その話はいつかクラノに聞いてみろ。いいか、母親ではなく父親に聞くんだ」

「どうして、父さんに？」

「いいから」

念を押すレオポルトの勢いに負けて、アッシュは頷く。

「わ、わかった」

昔話を交えたアッシュの悩み相談を終え、二人は夕食を口にした。

これまでカリレなど食べたことのないアッシュだったが、どこか懐かしく感じてしまう。それは父親から受け継いだものなのだろうか。

　夕食後、お茶を飲んでいるとレオポルトが「さてと」なんて呟きながら立ち上がる。

「あれ？　レオおじさん、もう帰るの？」

「いや、少しばかりお前さんに稽古をつけてやろう。中庭に出ようか」

有無を言わさず、レオポルトはアッシュを中庭に連れて出た。

改めて見ると、レオポルトの体は岩のように硬い筋肉に覆われている。筋骨隆々なんて言葉は、この男のためにあるものだろうとさえ思ってしまうくらいだ。

夜が近づき、肌寒い空気の中で向かい合うアッシュとレオポルト。

「ねぇ、レオおじさん。稽古って何？」

「ん？　稽古は稽古だ。強くなりたいのだろう？」

「そうだけど、レオおじさんに勝てるわけないよ」

「戦う前から怖気《おじけ》づいてどうする。さぁ、どこからでも殴りかかってこい」

それだけ言うと、レオポルトは拳を固めた。

元々迫力のあるレオポルトが臨戦態勢に入ると、大人でも逃げ出してしまうだろう。

慣れているはずのアッシュも、そんなレオポルトを見たことがなく、恐怖を感じた。

「ど、どこからでもって……」

「何だ、アッシュ。どこまでも逃げ続けるのか？　このままアビーとやらに負け続けていいのか？

いつまでも肩を丸めて生きていくのか？」

「それは嫌だけど……でも、いきなり稽古なんて無理だよ」

「ふっ、情けないな。その程度の男か、アッシュ。一発でいいからワシを殴ってみろ！　それとも今から安い挑発をせねばならんか？　お前さんの父親を侮辱し、母親の悪口を言い、お前さん自身を馬鹿にすれば殴りかかってくるか？」

まだまだ子どもであるアッシュに対して、厳しい言葉を放つレオポルト。

それはそのままアッシュへの愛情でもある。

この時、この場をアッシュが変わる機会にしようと考えているのだった。

レオポルトの思いを目と耳と肌、そして心で感じたアッシュは一歩踏み出す。

「僕は……僕は情けなくなんかない！　強くなるんだ！」

その一歩は、優しく弱気だった少年がこれから成していく偉業への一歩。

鳥が羽ばたくための助走だった。

地面を蹴り、レオポルトとの距離を詰めたアッシュは右手の拳を振りかぶる。

「そうだ、それでいい」

拳の動きを予測したレオポルトは口角を上げた。

そしてアッシュの攻撃が自分の腹部に向かっている、と読んで腹筋に力を入れる。

放たれたアッシュの拳は、レオポルトの腹筋にぶつかり動きを止めた。

レオポルトからすれば痛くも痒くもない攻撃だったのだが、それでもアッシュが自分相手に立ち向かってきたことが嬉しく、笑みをこぼしてしまう。

「いい拳だぞ、アッシュ」

「はぁはぁはぁ……よく言うよ、レオおじさん。こっちの手が痛いだけじゃないか」

「まぁ、そりゃあワシは痛くはなかったが」

そんなところ正直に話さなくてもいいだろう、とアッシュは心の中で呟く。

さらにレオポルトは言葉を続けた。

「それでもお前さんは、ワシに立ち向かってきた。いいか、アッシュ。この世界広しといえども、ワシに立ち向かえる者などそうはおらん。人間だけではなく魔物でもな。クラノが名を轟《とどろ》かせるまでは世界最強の一人と並べられていたワシと、この村で女の子をいじめるアビーとやら。どっちが怖い？」

問いかけられたアッシュは、悩むまでもなく答える。

「そ、そりゃ、レオおじさんが敵だったら、と思うほうが怖い」

「だろう？　ならば、アビーくらい大したことはないはずだ。次に会った時、ワシと比べてみるといい。ひどく小さく見えると思うぞ」

自らの体を使ってアッシュに教えるレオポルト。

その教えは拳から腕を通じて、アッシュの心臓を揺らした。

ドクンドクンと血液が全身に巡る。酸素と勇気を身体中に送るのだった。


夜中に帰ってくる、と言っていたはずの父親と母親。

顔を出していた平和会議にて小さな問題が起こったらしく、帰宅は明日の朝になったらしい。それを伝えるためにレオポルトの部下が家を訪れたのは稽古の直後だった。

レオポルトと同じく獣人だが、その部下は兎耳。

「それではお伝えしましたからね」

兎耳の部下はそう言って、平和会議に戻っていった。

「ちょっとした伝言のためにここまで来てくれたんですね」

アッシュが兎耳を労《ねぎら》うように言うと、レオポルトは笑う。

「はっはっは、昔からアイツには苦労をさせているよ。最も信頼する部下だ」

「大変そうだなぁ、レオおじさんの信頼って重そう」

「そんなことないだろう」

「だってニャル姉ちゃんも、お父さんは愛情深いって言ってたもの」

それを聞いたレオポルトは少し照れ臭そうに「ふん」と鼻を鳴らした。

ともかくアッシュの両親は今日、帰ってこない。

レオポルトは咳払いをしてから、アッシュに尋ねる。

「さて、どうする？　もう寝るか？」

「あー、そうだね。でも、母さんや父さんが帰ってこないなら、ちょっと買い物だけしておかないと」

「買い物？」

「うん。ツクネ用の干し肉が切れてて、僕買ってくるよ」

「ああ、なるほどな。ワシも行くか？」

「大丈夫、すぐそこだから」

アッシュは準備を整えると、レオポルトとツクネに留守番を頼み家を出た。


干し肉を買いに行くのは、馴染みの食品店である。丘を下ってすぐのところにあり、この時間でも空いているという便利な店だ。

数日分の干し肉を購入したアッシュが、家に帰るため丘を登ろうとすると声が聞こえてくる。

「獣人のくせに逆らうんじゃねぇよ！」

その声を聞くだけでアッシュは、萎縮しそうになった。

アビーの声である。

ふと視線をやると、アビーが誰かに向かって叫んでいた。言葉からも予想できていたが、そこにいたのはナスターシャ。

白い肌と青い目。金髪に小さな丸い獣耳が可愛らしい女の子である。

買い物用の籠《かご》を持っているので、どうやらアッシュと同じくおつかいの途中らしい。

アビーのほうは夜遊びでもしていたのだろうか。

「やめてよ、アビー」

ナスターシャは買い物籠を守るように抱きしめる。

そんな彼女に対して、アビーは強く言い返した。

「いいから貸せよ！　こっちも買い物頼まれてんだよ。果物買って帰らないと、怒られるのに売り切れだったんだ。お前が先に買ったんだろ」

「知らないよ。私も必要だもの」

「寄越せ！」

乱暴な言いがかりである。

今にも泣き出しそうなナスターシャは、ただ震えて身を丸めるしかないようだった。

その様子を見ていたアッシュは、ただただ悲しくなってしまう。

自分に矛先が向き、ナスターシャを助けられたと思っていたのだが、根本的な解決はできていないらしい。当然なのだが、そんな状況を目の当たりにしてしまうとショックを受けるものだ。

果物を奪おうとするアビーと拒むナスターシャ。

痺れを切らしたアビーは感情のままに平手を振りかぶった。

「この！　寄越せって言ってんだ！」

その瞬間、アッシュは誰かに背中を押されたように地面を蹴る。

ただ、ナスターシャを守りたいと思った。自分の怖さや情けなさ、今後のことなどどうでもいい。

この瞬間、ナスターシャを守りたい。それだけだった。

「アビー!!」

走りながら叫ぶアッシュの言葉は、アビーの行動を止める。

突然の声に驚き、硬直したアビーに向かって体ごとぶつかっていくアッシュ。

そのまま二人とも地面に倒れ込み、アッシュはアビーの上に乗っかった。

この場で驚いたのはアビーだけではない。ナスターシャもまたアッシュの登場に驚き、目を見開いていた。

「アッシュくん……どうしてここに」

「ナスターシャ、大丈夫？」

「う、うん、ありがとう」

ナスターシャの無事を確認するアッシュに対し、下からアビーが叫ぶ。

「な、おい！　アッシュ！　テメェ、何しやがる！　ふざけんなよ。おい、どけよ。搾りかすのくせに」

声に釣られ視線をアビーに送ると、アッシュはその存在の小ささに驚いた。

先ほどレオポルトが言っていた通りである。

レオポルトの迫力と比べればアビーなど何も怖くはない。今まで自分は何を恐れていたんだろうと、笑いそうになるくらいだった。

自分でも不思議なほど冷静になったアッシュは、そのままアビーに語りかける。

「いいか、アビー。もう二度とナスターシャにちょっかい出すな。喧嘩したいなら僕が相手になる。もう負けないぞ」

「何言ってんだよ、お前。おい、どけよ」

馬乗りの状態で自分にかけられる言葉。抵抗できない状態で放たれた言葉は、アビーの心に恐怖の種を植えた。

強い口調で言い返すのは、彼なりの虚勢だろう。

「わかったのか、アビー」

アッシュが問いかけると、アビーは顔を逸らし舌打ちをした。

「ちっ……わかったよ。そんな女、面白くもねぇ」

「だってさ、ナスターシャ。それでいい？」

アビーの言葉をナスターシャに聞かせるアッシュ。

その瞬間、アッシュが視線をナスターシャに向けた隙に、アビーは体をばたつかせて抜け出し、そのまま走り始めた。

「ふざけんな、搾りかす！　忘れねぇからな！」

そう言いながらアビーは逃げ出していく。

不利な状況からアッシュに立ち向かう勇気がなかったのだ。

小さな背中を見送ったアッシュは、ナスターシャに微笑みかける。

「これでもう、大丈夫だと思うから。じゃあ、僕は帰るね」

「あ、ありがとう、アッシュくん」

危険を顧みない優しさを受けたナスターシャは頬を赤らめて、礼を言った。

アッシュを引き止め、もう少し話したい。そんな表情をしているなんて、アッシュに気づけるはずもなく、そのまま家に帰っていった。

◇

「ただいまー」

アッシュが玄関で声を出すと、レオポルトがツクネを抱いて出てくる。

「おお、帰ってきたか……って膝のところが新しく汚れてるぞ。どうした、また何かあったか？」

先ほどアビーの上に乗った時、膝に土が付着したのだった。

アッシュはその汚れを手で払いながら、笑顔を見せる。

「何かあったよ」

「その割には嬉しそうだな、アッシュ」

「うん、勝ったから」

その言葉を聞いたレオポルトは、それ以上深く尋ねようとはしなかった。

ただ一言「そうか」と嬉しそうに呟くばかりである。


疲れていたのだろう。アッシュはそれからすぐ、ベッドに入った。

可愛らしい寝息がリビングまで聞こえてくる。それほどまでの疲労だった。

留守を任されているレオポルトが、椅子に座りお茶を飲んでいると玄関の外から足音が響く。普通の者ならば誰だろうと警戒するところだが、獣人であるレオポルトは音で誰のものなのかわかる。

何も話さずにスタスタと玄関に向かうと、扉を開けて微笑んだ。

「どうした。明日の朝に帰ってくるんじゃなかったのか？」

その言葉を向けた相手は、アッシュの父親。そう、倉野である。

「ははっ、アッシュが心配で戻ってきましたよ。留守番なんか頼んですみません、レオポルトさん」

「そうか、嫁はどうした？」

「懐かしい顔ぶれだったんで、もう少しだけ話してくるそうです。女同士の話……なんてちょっと何言われるかわかんないですよね」

「お前さんも立派に尻に敷かれておるのか。まぁ、優しいと言えば聞こえはいいが、優柔不断だったしな、クラノは。仕方ないのかもしれん」

レオポルトにそう言われた倉野は顔を引き攣《っ》らせた。

「人聞き悪すぎですって。それより、アッシュはもう寝てますか？」

「ああ、眠り始めたのはついさっきだ。どうやら疲れていたらしい」

「そっか、もう少し早く帰ってくればよかったな。どうやらアッシュが村の子にいじめられているらしくて、その話を聞こうと思ってたんですよ」

「その話ならもう大丈夫だ」

そう言われた倉野は、どうしてレオポルトが断言できるのかわからず首を傾げる。

「え、どういうことですか？」

「まぁ、お前さんの息子だからな。よく似ている」

レオポルトはそう答えながら、右手でパンチを放つような仕草をしてみせた。

そこで何があったのかを察した倉野は、安心したように息を吐く。

「そっか、アッシュが……でも立ち向かう心は僕じゃなくて、妻に似たんだと思います」

「ふっ、嫁のそんなところに惚れたってことか。惚気《のろけ》たいならレインにしてくれ」

「惚気じゃないですよ。僕が強くなれたのは彼女のおかげですから」

倉野が言うと、レオポルトは扉にもたれかかりながら尋ねる。

「そんな気持ちがお前さんを強くしたのか？」

「どうでしょう？　でも大切なのは、強くなりたいと願うことですよ。誰だって努力すれば最強になれるんですから」

「ははっ、なんだそれは。お前さんだから言えることだろう」

努力すれば最強になれる。

そんなことを真剣に信じて、どこまでも貫いて、世界さえ守ってしまった倉野。

話をしているうちにすっかり冷えた夜の風が、丘の上を飛び回っていた。

倉野とレオポルトは軽く笑い合い、家の中に入る。

「クラノ、久しぶりに酒でも飲もうか」

「嫌ですよ。飲みすぎるでしょ、レオポルトさん」

「そう言うな、せっかくだから昔話でもしようじゃないか。年寄りは昔話をするものだ。そうだな、エスエ帝国で再会した時の話でも」

「はいはい、わかりましたよ」

異世界ゆるり紀行
子育てしながら冒険者します
1~15
水無月静琉
Minazuki Shizuru
シリーズ累計110万部突破!!(電子含む)
2024年待望のTVアニメ化!
1~15巻好評発売中!
コミックス1~8巻好評発売中!
子連れ冒険者ののんびりファンタジー!
神様のミスで命を落とし、転生した茅野巧。様々なスキルを授かり異世界に送られると、そこは魔物が蠢く森の中だった。タクミはその森で双子と思しき幼い男女の子供を発見し、アレン、エレナと名づけて保護する。アレンとエレナの成長を見守りながらの、のんびり冒険者生活がスタートする!
異世界ゆるり紀行 子育てしながら冒険者します
水無月静琉
転生したら双子を保護しました。
子連れ冒険者の異世界のんびりファンタジー!
異世界ゆるり紀行 子育てしながら冒険者します
水無月静琉
みずなともみ
転生したら幼い双子を保護しました。
シリーズ累計15万部!!
●各定価:1320円(10%税込) ●Illustration:やまかわ ●漫画:みずなともみ B6判 ●各定価:748円(10%税込)

デスゲームと化したVRMMO－RPG「THE NEW GATE」は、最強プレイヤー・シンの活躍により解放のときを迎えようとしていた。しかし、最後のモンスターを討った直後、シンは現実と化した500年後のゲーム世界へ飛ばされてしまう。デスゲームから“リアル異世界”へ――伝説の剣士となった青年が、再び戦場に舞い降りる!

各定価:1320円（10%税込）

1~22巻好評発売中!

illustration：魔界の住民（1~9巻）
KeG（10~11巻）
晩杯あきら（12巻~）

漫画：三輪ヨシユキ
各定価：748円（10%税込）

アルファポリスHPにて大好評連載中

アルファポリス 漫画　検索

Re:Monster
リ・モンスター
金斬児狐
Kanekiru Kogitsune
1〜9・外伝
8.5
暗黒大陸編1〜3
シリーズ累計
150万部
（電子含む）
突破!
TVアニメ化
決定!!
ネットで話題沸騰!
怪物転生
ファンタジー
最弱ゴブリンの下克上物語 大好評発売中!
【小説】
1〜9巻／外伝／8・5巻
◉各定価：1320円（10%税込）
◉illustration：ヤマーダ
新章
【小説】
1〜3巻（以下続刊）
◉各定価：1320円（10%税込）
◉illustration：NAJI柳田
コミカライズも大好評!
【漫画】
1〜10巻（以下続刊）
◉各定価：748円（10%税込）
◉漫画：小早川ハルヨシ

月が導く異世界道中
Tsukiga Michibiku Isekai Dochu
あずみ圭
Azumi Kei
1~18
8.5
シリーズ累計
350万部
(電子含む)
の超人気作!
TVアニメ 第2期
2024年1月から
2クール
放送決定!
月が導く異世界道中
あずみ圭
薄幸系男子の成り上がりファンタジー、開幕!
なんでだろう 親の都合で異世界へ
第5回アルファポリスファンタジー小説大賞 読者賞受賞作!
待望の書籍化!
異世界へと召喚された平凡な高校生、深澄真。彼は女神に「顔が不細工」と罵られ、問答無用で最果ての荒野に飛ばされてしまう。人の温もりを求めて彷徨う真だが、仲間になった美女達は、元竜と元蜘蛛!? とことん不運、されどチートな真の異世界珍道中が始まった!
月が導く異世界道中
1
あずみ圭
木野コトラ
強制召喚
人外まつり♪
シリーズ累計
29万部
とことん不運、されどチート!!
薄幸系主人公の異世界放浪記、コミカライズ第1巻!!
2期までに
原作シリーズもチェック!
●各定価:1320円(10%税込)
●illustration:マツモトミツアキ
1~18巻好評発売中!!
漫画:木野コトラ
●各定価:748円(10%税込) ●B6判
コミックス1~12巻好評発売中

魔力ゼロの
出来損ない貴族、
四大精霊王に
溺愛される
Sora Hinokage
日之影ソラ
魔力なし感情なしの出来損ない——
その空の器に精霊王の力を宿し、
すべてを捻じ伏せて
自由に生きる!!
魔力と感情を持たずして生まれた少年——アスク。
貴族家において出来損ないと蔑まれ続けた彼の欠落はやがて、器としての才覚だと判明する。世界を構成する炎・地・水・風。それらを司る四大精霊王すべてをその身に宿す適格者として、アスクは選ばれたのだ。強大な力と感情を手にした彼は家を捨て、第二の人生を謳歌することを決意する。立ちはだかる、災害級の魔獣に悪魔、亜人差別すら捻じ伏せ——最強の契約者は、自由に生きる!
◎定価:1320円(10%税込)　◎ISBN 978-4-434-33105-3　◎illustration:紺藤ココン

この作品に対する皆様のご意見・ご感想をお待ちしております。
おハガキ・お手紙は以下の宛先にお送りください。

【宛先】
〒150-6008 東京都渋谷区恵比寿 4-20-3 恵比寿ｶﾞｰﾃﾞﾝﾌﾟﾚｲｽﾀﾜｰ 8F
（株）アルファポリス　書籍感想係

メールフォームでのご意見・ご感想は右のＱＲコードから、
あるいは以下のワードで検索をかけてください。

アルファポリス　書籍の感想　［検索］

ご感想はこちらから

本書はWebサイト「アルファポリス」（https://www.alphapolis.co.jp/）に投稿されたものを、改題・改稿、加筆のうえ、書籍化したものです。

異世界《いせかい》で俺《おれ》だけレベルが上《あ》がらない！3

だけど努力《どりょく》したら最強《さいきょう》になれるらしいです？

澤《さわ》 檸檬《れもん》

2023年12月31日初版発行

編集ー佐藤晶深・芦田尚
編集長ー太田鉄平
発行者ー梶本雄介
発行所ー株式会社アルファポリス
〒150-6008 東京都渋谷区恵比寿4-20-3 恵比寿ｶﾞｰﾃﾞﾝﾌﾟﾚｲｽﾀﾜｰ8F
TEL 03-6277-1601（営業） 03-6277-1602（編集）
URL https://www.alphapolis.co.jp/
発売元ー株式会社星雲社（共同出版社・流通責任出版社）
〒112-0005 東京都文京区水道1-3-30
TEL 03-3868-3275
装丁・本文イラストーしの
装丁デザインーAFTERGLOW
印刷ー図書印刷株式会社

価格はカバーに表示されてあります。
落丁乱丁の場合はアルファポリスまでご連絡ください。
送料は小社負担でお取り替えします。

ISBN978-4-434-33107-7 C0093